후지산

후지산

히라노 게이치로 소설

양윤옥 옮김

하빌리스

차례

후지산

2020년 6월 초순의 일이었다.

5월 말에 드디어 첫 번째 집합금지 조치가 풀리자, 이노우에 가나와 쓰야마 겐지는 도쿄역 야에스 출구에서 두 달 반 만에 다시 만났다. 시즈오카현 하마나코 호수로 여행을 떠나기로 했던 것이다.

오전 9시 약속이라 그 시간에 맞춰 나갔더니 쓰야마는 벌써 와서 기다리고 있었다.

하늘은 맑고 약간 후덥지근한 날씨여서 쓰야마는 반소매 체크 셔츠에 청바지 차림이었다. 가나는 풍덩한 연베이지색 셔츠에 회색 바지를 입었다.

1박 일정으로, 둘 다 여행가방은 작았다.

휴가를 내서 평일에 떠난 여행이었던 덕분에 도쿄역은 한산했다. 물론 코로나 때문이기도 했다.

화면 너머가 아니라 오랜만에 직접 얼굴을 마주하고 보니 서로의 말이 어쩐지 적나라한 느낌이 들었다.

신칸센 티켓은 쓰야마가 예약했는데, 히카리호는 E석이 모두 매진이라 28분쯤 더 걸리는 고다마호로 예약했노라고 했다.

가나는 처음에는 무슨 얘기인지 이해하지 못했지만, 하행 도카이도 신칸센 좌석은 대부분 진행 방향으로 오른편 창가 E석부터 매진된다는 것이었다. 후지산이 보이기 때문이다.

그녀는 그 설명을 듣고 '오잉?'했다. 회사 업무로 간사이에 출장도 자주 다녔지만 그녀에게는 도카이도 신칸센은 단순한 이동수단일 뿐이어서 대개는 눈도 부시고 햇빛에 얼굴이 탈까봐 미리 커튼을 닫아버리곤 했다. 차창밖 경치를 열심히 내다본 건 겨울에 세키가하라 근처에 엄청나게 눈이 쌓였을 때 정도였다.

후지산 조망 좌석이라니, 그걸 이제 곧 마흔이 되는 자신이 여태 알지 못했다는 것에 우선 어리둥절했다. 그리고 지나치게 바쁘게 흘러가는 자신의 생활을 되돌아보았다. 직급이 높아지면서 월급도 오르고 경제적으로는 여유가 생겼지만, 결혼하고 싶었는데도 여전히 미혼이고 어쩐지 늘 지쳐 있다. 그게 그녀가 간략하게 요약한 자기 삶의 현실이었다.

하지만 굳이 후지산을 보겠다고 시간이 더 걸리는 고

다마호를 타야 할까. 그녀는 후지산에 아무 관심도 없었고 차창을 통해 잠깐 보인다고 그토록 좋아한다는 게 어쩐지 유치한 느낌도 들었다. 무엇보다 쓰야마의 그런 집착에서 여태껏 알지 못했던 그의 까다로운 면을 얼핏 엿본 것 같았다.

하지만 티켓을 미리 알아보고 예약해준 것에 대한 미안함도 있어서 그 자리에서는 그냥 고맙다고 인사했을 뿐이다. 둘이 함께 시간을 보내기 위한 여행이니까 서두를 것도 없다. 호텔비를 포함한 경비는 나중에 정식으로 계산해 건네줄 생각이었다.

가나는 그때 쓰야마에 대해 '약간 괴짜'라고 느꼈지만, 그로부터 2년이 지나 더 이상 그를 만날 일도 없게 된 지금은 '보통 사람'의 감각에 더 가까웠던 건 오히려 쓰야마 쪽이라는 생각이 들었다. 실제로 좌석은 E석부터 채워졌고, 다들 후지산을 보고 싶어했다.

그렇지만 이제 이 세상에서 쓰야마를 '보통 사람'이라고 생각하는 사람은 그녀 외에는 일단 없을 것이다.

그는 완전히 예외적인 인물로 알려져 있다.

마루노우치선 지하철에서 무차별 살상사건이 일어나고 벌써 1년 반이 지났다.

뉴스에서 쓰야마의 이름을 목도했을 때, 가나는 심장을 얻어맞은 듯한 충격을 느꼈다.

사망 3명, 중경상 8명의 참사였고, 그녀의 회사에서 그리 멀지 않은 아와지초역 근처였다.

퇴근 시간대였으니 그녀가 사건현장에 있었더라도 전혀 이상할 게 없었다. 그렇기 때문에 지금도 마루노우치선 지하철을 탈 때마다 이따금 쓰야마가 어딘가 다른 칸에 있는 게 아닌가 하는 마음이 들었다.

◆

하마마쓰 여행을 하기까지 두 사람의 교제 기간은 반년 남짓이었다. 하지만 하필 신형 코로나 감염이 확대되던 시기여서 직접 만난 횟수는 그리 많지 않았다.

'만남 앱'을 통해 두 사람이 처음 알게 된 것은 중국 무한에서 코로나의 인간 감염이 발각되고, 아직 국내에서는 널리 퍼지기 전이었다.

'쓰야마 겐지: 연봉 300만 엔, 라디오 방송 작가, 41세, 도쿄 23구내 거주, 취미는 영화 감상, 조깅…….'

쓰야마의 이력이 관심을 끈 것은 나이가 단지 두 살 많아서 얼굴 사진에 거부반응이 적었고, '방송 작가'라는 직업이 어쩐지 호기심을 불렀기 때문이다. 수입은 가나의 3분의 1 정도였지만, 결혼하면 한 지갑이 될 테니 그건 전혀 상관없었다. 문제는 상대가 그런 점에 신경을 쓰느냐 마느냐 하는 것이었다. 취미는 거의 없다시피 하고, 그다지 활동적이지 않은 듯한 구석도 자신과 비슷해서 마음에 들었다.

가나는 결혼상대를 찾는 일에 완전히 지쳐 있었다. 꼭 결혼해서 아이를 갖고 싶다는 그녀의 바람은 낡은 생각이든 뭐든 절실했다. 남들에게는 '괜찮은 사람이 나타나면'이라고 애매하게 얘기했지만, 이미 5년 전부터 고생고생해가며 난자 서른 개를 채취해 동결보존도 해두었다.

결혼에 대한 초조감은 납기를 맞추지 못한 프로젝트를 맡고 있는 것처럼 일상 틈틈이 그녀의 기분을 우울하게 만들었다. 이제 파트너 찾기는 거의 그 우울함을 끝내 버리기 위한 것 같았다.

◆

첫 만남은 오모테산도 빌딩에 있는 카페에서였다.

쓰야마는 코듀로이 브라운 재킷에 흰 셔츠, 거기에 회색 베스트를 입고 나왔다. 일부러 준비한 말쑥한 외출복처럼 어딘지 어색해보이는 차림새였다. 나이에 걸맞게 어깨에서 팔뚝에 걸쳐 군살이 붙을 기미를 보이고, 빗어올린 머리에는 새치도 섞여 있었다.

주문을 끝내고 좀 차분해지자 그는 만남 앱으로 사람을 만난 게 실은 처음이라고 말했다.

"일 년쯤 해봤는데 아무도 만나자고 해주지 않던데요. 오늘은, 정말 고맙습니다."

가나는 솔직한 사람이라고는 생각했지만, 그게 그리 기분 좋아지는 정보도 아니었다.

"아뇨, 저야말로 고맙습니다. 막상 얼굴 마주하면 긴장하게 되지요?"

"제 처지에 가나 씨는 연봉도 그렇고, 모든 게 그림 속의 꽃 같은 존재라서 정말로 안 될 줄 알면서도 연락했어요."

쓰야마에게 호감이 간 것은 뒤를 이어 "왜 나를 만나주셨습니까?"라는, 그녀가 가장 싫어하는 질문을 입에 올리지 않았기 때문이다. 상대방이 자신의 장점을 줄줄이 말해주기를 바라는 건 비겁하면서도 자기애적인 기대가 지나치게 강한 거라고 그녀는 생각했다.

방송작가라는 직업을 좀 검색해봤는데 연예인들과도 접점이 있는 화려한 세계라는 인상이었다고 말하자 쓰야마는 웃으며 부정했다.

"어디까지나 무대 뒤편에서 움직이는 일이라서요, 이따금 연예인처럼 유명한 방송작가도 있지만 저는 인간관계도 서툴고, 그냥 혼자 먹고살 정도밖에는 일을 많이 받지 않았어요. 근데 만일 결혼해서 가정을 꾸린다면 일은 좀 더 늘릴 겁니다."

"늘리려고 마음먹으면…… 늘릴 수 있는 건가요?"

"어느 정도는 각자 얼마나 열심히 하느냐에 따라 다르니까요. 요즘에는 라디오뿐만 아니라 연예인이 직접 자기 유튜브도 운영하는 추세라서 그걸 도와주는 것도 수입이 돼요."

"그렇군요. 아닌 게 아니라 수요가 많겠네요."

잘 풀린다면 의외로 월급쟁이보다 장래성이 있을지 모른다고 가나는 생각했다. 무엇보다 시간 융통이 가능할 것 같다는 점이 결혼 후를 고려하면 좋은 조건이었다.

"자신이 쓴 원고를 다양한 사람들이 소리 내어 읽어주고 수많은 사람들이 들어주다니, 멋진 직업이네요."

"네에, 근데 이게 좀, 현장에서 프리토크에 들어가면 열심히 써준 원고도 그냥 무시당하기 일쑤예요. 대략 주제만 맞으면 그다음은 자유롭게 해도 되니까요."

"그건 좀 섭섭하겠는데요?"

"그래도 웬만하면 제가 다 맞춰줄 수 있으니까요."

쓰야마는 그렇게 말했다. 그에게서 그 말을 들은 건 아마도 그때 단 한 번뿐일 텐데 가나의 마음속에서는 그게 마치 그의 입버릇이었던 듯한 느낌이 있었다.

일할 때 항상 익숙하게 쓰는 말인 것 같았기 때문일까? 실제로 그가 가나를 대하는 태도는 그 말 그대로였다.

◆

쓰야마와 가나가 사귄 것인지 아닌지는 단어의 정의에 따라 달라진다.

가나는 줄곧 그와의 관계를 '매칭 과정'이라고 판단했다. 그건 아닌 게 아니라 연애 비슷한 것이었지만, 연애와 다르게 지금 현재의 그를 있는 그대로 받아들인다는 게 없었다. 그는 항상 미래의, 즉 결혼 후의 샘플이었고, 쓰야마에게 가나 자신도 그럴 거라고 생각했다.

하지만 가나가 쓰야마와의 관계에서 연애라기에 적합한 행복감을 느낀 적이 없었던 것과는 달리, 쓰야마 쪽은 일반적인 교제의 시작과 똑같이 가나에게 호감을 품었고 점차 그런 감정이 강해져갔다. 그건 말과 행동 사이사이에서 느껴졌고 그것 때문에 아마도 얼마간은 힘들어하고 있기도 했다.

가나는 쓰야마와 연결된 뒤에도 만남 앱을 통해 다른 남자 두 명을 만났다. 하지만 한 명은 친구들과 보낸 휴일 술자리 얘기를 늘어놓는 통에 도저히 함께할 수 없다고 느껴져서 단 한 번 만에 끝냈고, 또 한 명은 세 번째 약속을 잡은 참에 다른 사람과 사귀기로 했노라고 그쪽에서 먼저 알려왔다. 그 사람과 관계가 계속 이어졌다면 쓰야마와는 아마도 거기서 끝났을 것이다. 쓰야마와 처음 잠자리를 한 게 마침 그 타이밍이었다.

쓰야마와 함께 시간을 보내면서 가나는 불쾌감을 느낀 적이 거의 없었다.

자기를 그리 강하게 내세우지 않고 어떤 일에나 이쪽의 의향을 먼저 물었고, 그렇다고 모든 걸 내맡기는 건 아니어서 데이트 때는 적당한 가게를 찾거나 그 예약을 기꺼이 도맡아주었다.

상대를 수고스럽게 하면서 매번 이쪽의 의향대로만 한다는 것도 그리 기꺼운 일은 아니었지만, 수입 차이를 감안하면 가게 선택 등은 그에게 맡기는 편이 무난했다.

좀 더 고급스러운 가게에는 마음 맞는 친구와 함께 가면 된다. 어차피 아이가 생기면 외식이라고 해도 한동안은 패밀리레스토랑 정도일 것이다. 자신이 원하는 건 그런 일상을 공유하는 상대라고 가나는 생각했다.

그 시기에 가나는 몇 번이고 '운명의 사람'이라는 말이 머릿속을 스치곤 했다.

어렸을 때, 그런 옛날얘기 같은 말을 해준 사람은 어머니가 아니라 숙모였다.

"지금도 어딘가에 앞으로 가나와 결혼할 '운명의 사람'이 있는 거야. 그렇지? 아, 그 사람은 지금 어디서 뭘 하고 있을까나."

패밀리레스토랑에 갔을 때, 옆에서 식후 커피를 마시던 숙모가 들려준 말이었다.

이제 와서 새삼, 서로 모르는 채 40년 가까이 살아온 끝에 드디어 만났다, 라는 '운명'을 느껴보고 싶은 건 아니었다. 다만 앞으로 죽을 때까지의 40여 년을 상상하면서 과연 쓰야마가 그 '운명'을 공유할 만한 상대인지 어떤지를 고민해본 것이다.

만난 지 3개월쯤이 지났지만 가나는 솔직히 쓰야마가 어떤 사람인지, 뭔가 좀 알 수 없었다. 별 문제 없는 사람인 것 같기는 했다. 하지만 "웬만하면 제가 다 맞춰줄 수 있으니까요"라는 게 본심에서 나온 말인지 아니면 그저 꾹 참는 것뿐인지, 아무래도 확실하게는 알 수 없었다. 그걸 의심하게 하는 분위기가 전혀 없는 것도 아니고, 그래서 가나도 쓰야마에 대한 우려를 깨끗이 씻어내지는 못했다.

대학을 졸업하고 방송작가가 되기까지 쓰야마의 경력에는 공백기가 있었다. 뭔가 '하고 싶은 일'이 있었는데 결국 단념했노라고 말했다. 그건 처음 잠자리를 함께했을 때, 부지불식간에 입 밖으로 새어나온 말이었는데, 그렇다면 겉으로 보이는 만큼 수더분한 성격은 아닌 것 같기도 했다.

두 사람은 자연스러운 연애처럼 원래부터 가까이에 있어서 서로 사랑하게 된 것도 아니고, 그럴 계기가 될 만한 어떤 구체적인 일을 함께 경험한 것도 아니었다.

매칭 앱을 통한 만남은 그런 조건이 모두 빠져 있고 그 대신 연봉이며 나이, 거주지, 취미 같은 속성에 따라 남녀를 맺어준다.

하지만 잠시 잠깐의 관계라면 또 모르지만, 앞으로 평생을 함께할 사람을 찾는 데는 우연한 만남의 연애에 기대기보다 그나마 AI의 도움을 빌리는 만남 앱의 매칭이 아마도 성공 확률이 더 높을 것이다.

그 구체적인 사례는 이제 일일이 열거할 필요도 없다. 문제는 그 과정에서 당사자들이 그것을 믿느냐 마느냐는 점이었다.

◆

신형 코로나 바이러스가 마침내 국내에도 퍼지기 시작하자, 가나의 회사는 안전한 원격근무에 들어갔고 친구며 지인, 업무 관계자와의 회식도 전면 취소되었다. 외출은 감염 위험에 벌벌 떨면서 총총히 식재료를 사오는 정도였다.

· 후지산 ·

쓰야마와는 3월 말쯤까지 만났지만, 도쿄 올림픽 개최가 연기되고 유명한 코미디언이 코로나 감염으로 사망했을 무렵부터는 정말로 상황이 긴박해졌기 때문에 직접 만나는 건 한동안 삼가기로 했다. 쓰야마는 라디오 방송작가라는 직업 상, 출근을 안 할 수 없었고, 또한 외출하기 어렵게 된 배우며 뮤지션의 유튜브 작업도 거들어야 해서 사람 만나는 기회를 어떻게도 줄일 수 없었다. 정말 보고 싶지만 혹시라도 감염시킬까봐 지금은 안 된다고 그는 말했다. 그런 신중함에 가나는 안도했다. 그리고 '정말 보고 싶다'는 그 진솔한 말에 호응해서 그녀는 '나도 보고 싶은데 지금은 참도록 할게요'라고 전했다.

만남 앱은 코로나 때문에 공황상대에 빠져 있었다. 새롭게 누군가를 만나기도 망설여지고, 어렵게 만나더라도 마스크 너머 단시간의 대화 외에는 바랄 수 없었다. 그래도 상관없이 만나자고 청해오는 자들을 가나는 기피했다.

도쿄 올림픽은 중지된 게 아니라 일 년 연기되었지만,

신중한 전문가들 중에는 수습까지 3년은 필요하다고 예측하는 경우도 있었다.

마흔 살까지, 라고 계획했던 파트너 찾기는 실질적으로 이제 끝이 났다고 그녀는 생각했다.

집합금지 조치가 발령되고, 감염으로 중태에 빠져도 구급차가 와주지 않는다는 뉴스를 목도하자 그녀도 불안감이 쌓여갔다.

둘 중 한 명이 감염되었을 때는 보건소에 연락하는 등, 서로 도와주기로 쓰야마와 약속했다.

PCR 검사 체계는 아무리 기다려도 확충되지 않았고, 정부와 전문가 회의의 제휴는 뒤죽박죽이어서 이탈리아에서 일어난 '의료 붕괴'가 국내에서도 발생할 것 같다는 우려가 나오자 가나는 그러한 정치 행태에 분노했다. 사용할 수도 없는 마스크를 배포하는 데 거액의 경비가 투입되고 총리가 자택에서 개를 쓰다듬으며 외출 자제를 요청하는 동영상이 나왔을 때는 분통이 터졌다.

외출 금지의 스트레스 때문에 세계적으로 가정폭력이 증가했다는 뉴스가 지원단체의 활동 내역과 함께 보도되었을 때는 암울한 기분이 들었다. 만일 저런 상대와 결혼했다면 나는 지금쯤 어떻게 되었을까.

쓰야마는 그녀의 분노에 공감을 표했지만, 딱 한 번 피곤한 기색으로 "근데…… 지금은 누가 총리를 해도 어렵겠죠"라고 말한 적이 있었다. 지금까지 꾹꾹 눌러뒀던 것이 뜻하지 않게 입 밖으로 새어나온 듯한 한 마디였다.

가나는 걸핏하면 불평불만을 늘어놓는 자신을 반성하며 그때는 더 이상 깊이 따지고 들지 않았다. 그 역시 스트레스를 떠안고 있는 것이다. 쓰야마의 정치 성향에 관해서는 마음에 걸렸지만, 지금 이렇게 영상 통화로 얘기를 시작했다가 자칫 말다툼이라도 벌어지면 직접 만났을 때 그걸 회복하기는 몹시 어려울 터였다.

하루하루 쌓여만 가는 우울을 극복하려고 기니는 집합금지 조치가 끝나자마자 둘이 함께 여행을 하자고 제안했다.

화면 너머에서 쓰야마의 눈빛에는 샘솟는 듯한 기쁨이 넘실거렸다. 어디에 가고 싶으냐고 묻길래 아무튼 어딘가의 온천에서 느긋하게 쉬고 싶다고 말했다. 그리고 호숫가나 바닷가라면 더욱 좋았다.

비행기는 아직 탈 수 없었기 때문에 기차 편으로 갈 만한 거리의 장소를 물색했다. 쓰야마가 몇 군데 후보지를 찾아주었고 가나는 그중에서 하마나코를 선택했다. 그때부터 호텔을 정하고 예약을 해준 것도 역시 쓰야마였다.

그들은 서로 격리된 동안에도 매칭 과정에 있었고, 조금씩 연인다워져갔다. 가나는 쓰야마와의 결혼을 진지하게 생각할수록 지금까지보다 더욱더, 뭔가 뜻하지 않은 그의 성벽을 알고 둘 사이의 관계가 파탄이 나지는 않을지 염려하게 되었다.

그녀는 여전히 신중하게 자문했다. 실제로 그는 어떤 사람인 걸까, 하고.

◆

도카이도 신칸센은 그날 조금씩 연착이 발생해 가나와 쓰야마가 탈 예정이던 9시 대의 열차도 20분 늦게야 출발했다.

승객은 정말로 E석과 D석에만 몰려 있었다. 집합금지 조치 중에 아무도 없는 기차 안 사진을 뉴스를 통해 여러 번 봤던 만큼, 40퍼센트쯤 찬 좌석을 보고 가나는 의외로 승객이 많다고 느꼈다. 전원이 마스크를 착용했고, 음식이나 대화는 '삼가달라'는 안내방송이 있었다. 바로 며칠 전에도 집합금지 조치가 해제된 이후에 도쿄에서 첫 집단감염이 발견되어 아직 현외 이동은 자중해야 한다는 전문가의 경고가 나왔다. 모두가 사람들의 눈을 피해 여행에 나선 것 같은 분위기였다.

쓰야마는 짐칸에 가방을 올리고, 창가 좌석을 가나에게 권해주었다.

"내가 앉아도 돼요?"

"물론이죠."

자리에 앉아 등받이를 살짝 눕히자 열차가 출발했다. 주행음이 높아지고 차내 안내방송이 흘러나오면서 두 사람은 잠시 입을 다물고 있었다. 오랜만에 체감하는 신칸센의 진동이었다.

시나가와를 지난 참에 쓰야마는 살짝 얼굴을 가까이

대며 작은 소리로 점심식사는 하마나코 근처의 장어 집을 예약했다고 알려주었다.

"고마워요. 근데 장어가 지금 이맘때는 제철이 아닌데, 어떨지 모르겠네."

가나에게는 장어를 먹는다는 게 이미 둘이서 함께 공유할 체험이었지만, 쓰야마에게는 자신이 시간을 들여 힘들게 예약한 곳이라는 의식이 있었던 모양이다. 가나는 그가 어쩐지 기분 상한 표정을 얼핏 보인 것을 눈치챘다. 그런 표정은 지금까지 함께하면서 처음이었다.

쓰야마는 가나의 말에 답하지 않고, 약간 뜬금없이 일본 장어는 마리아나 해구에서 3,000킬로미터나 바다를 헤엄쳐 겨우 일본에 다다른다는 이야기를 했다. 가나도 알고 있는 얘기였지만, 쓰야마는 세세한 숫자까지 다 기억하고 있었다. 라디오 대본을 쓰기 위해 조사해본 적이 있는 건가. 아니면 혹시 오늘을 위해 준비한 건가. ……그 장대한 여정에 대한 상상은 적잖이 식욕을 감퇴시켰고, 일본 장어는 멸종 위기종이라고 호응해주는 말이 저절로 튀어나올 뻔했지만 잠깐 생각만 하고는 관뒀다.

• 후지산 •

두 사람 다 그로부터 한참동안 침묵하고 있었다. 감염방지대책의 지시를 완벽하게 따른 것이었고, 다른 승객들도 모두 대화를 하지 않았다.

◆

오다와라에서는 신칸센 노조미호가 먼저 통과하기를 기다리며 약 5분 동안 정차하게 되었다. 하차하는 손님이 통로를 일렬로 채웠다가 사라지고, 새로 온 승객이 자기 자리를 찾아가느라 잠시 오락가락했다.

가나가 차창 밖으로 눈길을 던진 것은 어쩌다 무심코 한 몸짓이었다. 하지만 이쪽으로 던져진 시선의 기척을 이미 감지했기 때문이었는지도 모른다.

추월용 상하행선 두 칸을 건너 반대편에 상행 고다마호가 정차해 있었다. 역시 노조미호의 통과를 기다리는 것이었다.

초등학교 5학년쯤 되는 여자애가 건너편 차량의 창문 너머로 자신을 보고 있는 것을 가나는 퍼뜩 깨달았다. 통로 쪽 좌석에는 어른의 그림자가 보였다.

소녀는 앞머리에 핑크색 핀을 꽂았고 노란 티셔츠에 핑크색 카디건을 걸치고 있었다. 평일인데 학교는 어떻게 한 걸까, 하고 의아한 마음이 들었다. 그래도 무의식적으로 미소를 지어줬더니 그 소녀는 창문 아래쪽으로 슬쩍 손끝을 내보였다. 하지만 손을 흔드는 건 망설이는 기색이었다.

가나는 이쪽에서 먼저 손을 흔들어줄까 하고 생각했다. 그때였다. 소녀가 엄지손가락을 접고 그걸 남은 네 손가락으로 감싸며 주먹을 쥐어보였다. 입가는 작은 마스크로 가려졌지만, 그 눈빛은 '도와줘요'라고 호소하는 모습이었다.

가나는 바짝 긴장했다. 다음 순간, 눈앞으로 노조미호가 굉음을 내며 달려가면서 차체의 흰빛으로 소녀의 모습을 맹렬히 지워버렸다. 그리고 지나간 뒤에는 조금 전에 분명 열려 있던 차창에 커튼이 내려져 있었다.

"앗, 저런, 얼른 내려야겠어……."

벌떡 일어서는 그녀에게 쓰야마가 놀란 얼굴로 물었다.

"왜 그래요?"

"건너편 고다마호에 탄 여자애가 위험한 것 같아요. 도움을 청했어요."

"......"

쓰야마는 입을 떡 벌리더니 의아한 듯 차창 너머를 내다보았다.

차내 안내방송이 이제 곧 문이 닫힌다고 알렸다. 가나는 엄지손가락을 접어넣는 조금 전의 사인을 보여주면서 말했다.

"이거, 모르세요? 여성이나 어린애가 위기에 처했을 때의 사인이에요. 얼마 전에 인터넷에 많이 나돌았는데······."

설명하면서 짐칸의 가방을 내렸다.

플랫폼에서 열차 출발을 알리는 벨이 울리기 시작했다.

쓰야마는 착란 상태에 빠진 사람을 마주한 듯한 눈빛으로 그녀를 쳐다보았다.

"어, 어디에?"

"커튼 쳐진 데예요! 지금은 안 보여요."

"······."

"안 내려요?"

긴박한 사태에 그녀는 말투가 거칠어졌다. 앞좌석의 노부부가 놀라서 돌아보았다.

쓰야마의 눈이 가늘게 떨리더니 갑자기 시선을 돌려 버렸다.

가나는 그걸 대답이라고 받아들였다. "미안해요"라고 말하고 난폭하게 좌석을 빠져나와 출구를 향해 뛰었다. 도중에 여행 가방이 좌석에 부딪혀 휘청했다. 쓰야마 앞을 건너올 때 저절로 입 밖에 튀어나온 '미안해요'였지만, 그 한 마디는 그녀의 등 뒤에서 벌써 좀 더 묵직한 의미로 굳어져가고 있었다.

기차 문이 슬슬 닫히려 했다. 급하게 끼워 넣은 몸이 아파서 가나는 "앗, 저기요!" 하고 목소리를 높였다. 분노가 솟구치고 눈물이 글썽여졌다. 플랫폼 역무원이 호각을 불며 험한 목소리로 나무랐다.

"이봐요, 위험하잖아요!"

문이 다시 한 번 열렸을 때 얼른 뛰어내려 흰색 타일의 플랫폼을 큰소리를 내며 달렸다. 잠시 뒤 신칸센이 움직이기 시작했지만 쓰야마는 뒤따라오지 않았다.

◆

에스컬레이터를 급하게 뛰어 올라가 상행선 플랫폼으로 건너간 가나는 8호차 부근에서 플랫폼의 상황을 확인하던 역무원에게로 달려갔다. 어깻숨을 몰아쉬며 재빨리 상황을 설명했지만, 방금 전에 분명하게 봤던 광경이 필사적으로 달려오는 사이에 기억 속에서 무너져가고 있었다.

비슷한 나이 대의 역무원은 가나의 얘기를 의아한 얼굴로 들으면서 출발시각에 신경을 쓰고 있었다. 위기에 처했을 때의 그 손가락 사인에 대해서는 쓰야마와 마찬가지로 알지 못하는 것 같았다.

"어느 차량 승객이십니까?"

"저는 저쪽 도카이도 7호차 8E 좌석에 앉았었는데……."

역무원은 잠시만 기다려주세요, 라고 중얼거리더니 밖을 내다보는 차장에게로 향했다. 얘기를 들은 차장도 미간에 주름을 잡고 가나를 흘끗 쳐다보았다. 텅 빈 플랫폼에 출발 벨이 계속 울렸지만 이러고저러고 하는 사이에 출발 시각이 지났다.

역무원이 돌아왔다.

"차장과 상의해봤는데 그런 것만으로는 대응해드릴 방법이 없을 것 같아요, 어쨌든 그 남자 분도 저희 고객이니까요."

"이대로 출발하겠다고요? 유괴일 수도 있다니까요!"

"일단 차장에게 얘기는 했으니까 뭔가 특이한 일이 생기면 즉각 대응할 거예요. 경비원도 타고 있거든요."

역무원은 더욱더 시계에 신경을 쓰면서 가나의 대답도 기다리지 않고 자리를 떴다. 그 대응에 화가 나서 가나는 "그럼 내가 탈게요!"라는 말을 던지고 눈앞의 고다마호 8호차에 재빨리 올라탔다. 등 뒤에서 문이 닫히자 플랫폼의 출발 벨소리에서 격리되어 차 안의 조용함에 감싸였다.

열차는 4분 늦게 출발했다.

차량 연결통로에서 차장을 찾아 가나는 조금 전과 똑같은 설명을, 차내 안내방송에 귀가 헷갈리는 가운데 소리 죽여 되풀이했다. 뺨이 파들파들 떨리는 게 스스로도 느껴졌다. 그 사인에 대해서는 차장도 모르는 것 같아 그녀는 휴대폰을 꺼내 캐나다 인권단체가 고안했다는 SOS 사인 소개 사이트를 검색해 보여주었다. 가나는 그 정보를 '코로나에 의한 가정폭력 피해 증가'라는 특집 뉴스방송에서 봤었다.

차장은 옆에 서서 넘어다보듯이 화면을 한참 본 뒤에 말했다.

"알겠습니다. 여기 7호차 8A라고 했지요? 지금 가서 주의를 주도록 할게요."

그러고는 자리를 뜨려고 했다.

실제 유괴범이라면 아이를 협박해 아무 일도 없다고 대담하게 할 것이다. 그렇게 그대로 차에서 내려버리면 일이 더욱 꼬이게 된다. 가나는 차장의 태평한 대응에 분개했다. 자신이 남자였다면 분명 좀 더 확실한 대책을 세

워쳤을 거라고 느꼈다. 이럴 때 쓰야마가 곁에 있었다면……. 어째서 그는 함께 와주지 않았을까.

"그 아이가 도움을 청한다는 걸 제가 확인하면 즉각 대응은 해주실 수 있어요?"

"그야, 네, 그래야죠. 근데 그 사람도 어쨌든 고객인데……."

"죄송한데요, 제가 여기 티켓이 없으니까 도쿄까지 7호차 8D 좌석부터 구입할게요. 비어 있어요?"

"8D……. 네, 비었네요."

"그 아이가 위험하다는 게 확인되면 정말로 대처해주실 거죠?"

"그럴 경우에는 저한테 알려주시기만 하면, 네, 당연히……."

차장은 명백히 가나야말로 제정신이 아닌 손님이라고 경계하고 있었다.

여기까지 정신없이 달려오기는 했지만 가나는 차장에게 필사적으로 호소한 것과는 다르게 실은 모든 게 자신의 착각은 아닐까 하는 불안이 커져갔다. 순간적으로 그 여자애가 뭔가 위험한 일이 휘말렸다고 판단했지만, 옆 자리에 앉은 게 누구인지조차 아직 모르는 것이다.

7호차로 향할 때는, 일단 통로 건너편 좌석에 앉아서 두 사람의 상태를 관찰해보자고 마음먹었다.

자동문이 열리자 여자애가 곧바로 가나를 알아본 기색이었다. 옆에는 남자 한 명이 앉아 있었다. 마스크로 가려졌지만 아직 이십 대의 젊은이로 보였다. 회사원 같은 수수한 풍모에 몸집이 그리 크지도 않고 면 티셔츠에 청바지 차림이었다. 어떻게 보건 여자애의 아빠는 아니고, 굳이 말하자면 나이 차 많이 나는 오누이 같았지만 평일 아침부터 둘이 신칸센에 앉아 있는 그 모습은 역시 부자연스러웠다.

남자는 흘끗 가나를 쳐다봤지만 곧바로 시선을 아래로 숙였다.

일단 건너편의 자기 좌석에 앉을 생각이었는데 바로 옆에까지 가자 가나는 머뭇머뭇하면서 그 자리에 멈춰섰다.

남자가 움찔하며 가나를 올려다보더니, 비어 있는 건너편 C좌석의 승객이라고 생각했는지 그곳에 올려둔 가방을 가져다 자신의 무릎에 얹었다.

가나는 퍼뜩 떠오른 생각이 있어서 차표를 들여다보며 남자에게 말을 건넸다.

"아, 죄송하지만, 여기가 제 자리인 것 같은데요."

심장이 셔츠에 울릴 만큼 거세게 두근두근 뛰었다.

"예?"

남자는 호주머니를 뒤져 차표를 꺼내 확인하려고 했다. 가나는 그 틈에 얼른 여자애에게 시선을 던졌다. 가까이에서 보니 '애기'라는 단어가 떠올랐다. 아이는 무표정하게 이쪽을 보고 있었지만 무릎 위에서 다시 한 번 엄지손가락을 접고 다른 네 개의 손가락을 오므려 주먹을 꼭 쥐었다.

'틀림없구나!'

가나는 온몸에 전율이 파문처럼 퍼져가는 것을 느꼈다.

"여기, 내 자리 맞는데요."

"아뇨, 따님 자리 말이에요."

• 후지산 •

터널에 들어서면서 차량이 조금 흔들렸다.

'따님'이라는 말에 남자는 당황하면서 굳이 밝힐 필요도 없는 얘기를 했다.

"아, 애는 조카예요."

가나가 그 뒤에 대담하게 행동할 수 있었던 것은 그 한마디 때문이었다.

여자애 쪽을 향해 미소를 지으며 말을 건넸다.

"삼촌하고 여행하는 거야?"

아이는 입을 꾹 다물고 가만히 있었다.

"얘 자리도 여기가 맞아요. 차표, 보세요."

"정말 그러네? 이상하네요. 저기 차장 아저씨 불러올게요."

"아뇨, 그냥 차표를 저한테 보여주세요."

가나는 조금 전에 구입한, 감열지에 인쇄된 차표를 내보였다.

"이건 D니까 저쪽이죠."

"어? 아, 그렇구나. 미안해요."

두 사람의 대화를 지켜보던 소녀는 오른손 검지 손톱

끝으로 엄지손가락 등을 긁어대고 있었다. 어느샌가 눈에는 눈물이 글썽해져 있었다.

"어머, 애, 미안해, 내가 깜빡 착각했어. 네가 잘못한 게 아니야, 전혀."

아이는 가만히 앉은 채 움직임이 없었다.

"왜 그러니? 애, 괜찮아?"

가나는 아이가 이 즉흥적인 연극의 의미를 이해해주기를 간절히 빌었다. 배가 아프다든가 머리가 아프다든가, 말해봐. 뭐든 한 마디, 연결통로로 데리고 나갈 계기가 될 만한 말을 해주면 좋을 텐데.

하지만 그런 가나의 의도를 민감하게 눈치챈 것은 오히려 남자 쪽이었다.

가나를 누구라고 생각했는지는 모르겠다. 하지만 뭔가 좀 이상하다는 낌새를 감지한 기색으로 "아, 나는 잠깐" 하고 자리에서 일어서더니 옆을 슬쩍 빠져나가 가나가 왔던 곳과 반대쪽 연결통로를 향해 걸어갔다. 화장실에 가는 건가 했지만, 그 뒷모습으로 봐서는 분명 도망치려는 것이었다. 그런 치한을 가나는 지하철역에서 본 적이 있다.

곧 신요코하마역에 도착한다는 안내방송이 흘러나왔
다. 가나는 서둘러 여자애 옆에 앉아 작은 소리로 말을
건넸다.

"나한테 도움 청한 거, 맞지?"

여자애는 고개를 끄덕였다.

"저 사람, 진짜 삼촌이야? 괜찮아, 말해도. 내가 도와줄
테니까. 정말로 삼촌이야?"

여자애는 고개를 가로저으면서 말했다.

"……앱에서 알게 된 사람."

"그렇구나. 그래서 어디로 가려고 했어?"

"요코하마의 저 사람 집으로."

"같이 가자고 위협했어?"

"……."

"응, 괜찮아. 너, 아직 초등학생?"

"6학년이에요."

"넌 피해자니까 보호해 줄 거야. 걱정 마."

가나는 여자애의 무릎에 손을 얹었다. 그런 식으로 다

른 사람을 만진 것은 코로나 유행 이후로 처음이었다. 여자애도 한순간 몸을 움찔 빼려다가 그대로 가만히 있었다.

아이와 함께 연결통로로 나가 조금 전의 차장을 붙잡자 그는 크게 놀란 기색이었다. 급하게 사정을 설명하고, 남자가 6호차 쪽으로 도망쳤다고 알려주자 갑자기 얼굴빛이 홱 변해서 또 한 명의 차장과 경비에게 연락했다. 가나는 어찌됐든 여자애와 동행해 신요코하마역에서 하차하기로 했다.

◆

남자는 신요코하마역에서 내렸고 플랫폼을 잰걸음으로 뛰어 도주를 꾀했다. 하지만 개표구에서 제지를 받고 역무원과 몸 씨름을 한 끝에 달려온 경관에게 붙잡혔다.

역 구내 사무실에서 계속 여자애 옆에 있었던 가나는, 남자가 필사적으로 저항하는 장면을 촬영한 행인의 동영상 뉴스를 나중에야 목도하고 새삼 공포감에 몸이 벌벌 떨렸다. 차 안에서 흥분해 날뛰었다면 그 폭력이 자신에게 향했을 가능성도 있었던 것이다.

여자애는 데님 핫팬츠 밑으로 벌써 제2차 성징기에 접어든 게 뚜렷한 허벅지를 고스란히 드러내고, 계속 다리를 덜렁덜렁 흔들었다. 불안한 기색으로 주위를 둘러보고 휴대폰을 만지작거리기도 했다. 가나에게 별반 고마워하는 기색도 없고, "부모님은?"이라고 물어봐도 대답이 없었다.

둘 다 마스크를 쓰고 있어서 서로의 얼굴도 모르는 채였다.

그러다가 여자애가 갑자기 뭐라 표현하기 힘든 애처로운 웃음을 지으며 물었다.

"나, 소년원에 가요?"

"아냐, 그렇지 않아. 걱정 마."

가나는 고개를 가로저으며 말했지만, 이 아이는 이제 어떻게 될지 그녀 자신도 내심 걱정하던 참이었다.

경찰이 도착하자 사정을 상세히 설명하고 아이의 신병을 맡겼다.

"난 이만 갈게. 얘, 앞으로는 조심해야 돼, 응?"

그렇게 작별 인사를 건넸지만 여자애는 둘레둘레 불안한 눈빛으로 가나를 올려다보고 꾸벅 고개를 숙였다가 다시 올려다보고, 그러고는 가나가 사무실을 나올 때까지 아무 말 없이 그녀를 빤히 응시했다.

신요코하마역에서 쓰야마를 뒤따라 하마마쓰에 갈 수도 있었지만, 가나는 그때 도저히 그럴 마음이 나지 않았다. 그대로 곧장 집으로 돌아와 소파에 털썩 주저앉았다. 아직 정오 전이있다.

남자는 미성년자 유괴 혐의로 체포되었고, 이 사건은 한낮의 전국 뉴스에 나왔다. 평소에는 보지도 않았던 텔레비전을 가나는 믿어지지 않는 심정으로 멍하니 바라보았다.

오후에는, 신문사 취재 요청이 들어왔다고 담당 형사에게서 연락이 왔다. 그런 걸 이렇게 연결해주는 건가, 하고 의아해하면서도 익명을 조건으로 한 군데만 전화 인터뷰에 응했다.

뉴스 방송에서는 구출의 계기가 된 'Sign for Help'라는 손가락 사인이 특히 주목을 받았다. 여자애는 여성 담임 선생님이 인터넷에서 발견한 이 신호를 교실에서 아이들에게 가르쳐준 것을 기억하고 있었다고 했다.

무시무시한 긴장에서 풀려난 해방감과 어린아이를 구했다는 흥분 때문에 가나는 일종의 허탈상태에 빠졌다. 기묘하게도 그녀는 왜 그런지 자신이 단순히 착각을 했고, 말을 건네기는 했으나 여자애의 아빠에게 큰소리로 혼이 나고 사과해야 했다는 가짜 기억에 휘둘렸다. 그 수치심이 너무도 힘들어서 실제 경험한 사실보다 그게 오히려 더 현실인 것 같기까지 했다.

그러고는 두 사람에게 말을 걸기 전에 가슴이 쿵쾅거렸던 게 되살아나고, 남자가 자리에서 벌떡 일어선 순간의 놀람이 다시 떠오르고, 여자애의 눈물이 글썽한 얼굴과 구해내준 뒤의 무표정한 얼굴이 번갈아가며 머릿속을 스쳤다. 그리고 그 모든 것 옆에 쓰야마가 없었다는 것, "안 내려요?"라고 다그치는 그녀에게 곤혹스러운 듯 시선을 피했던 그 표정을 수없이 되짚어 생각했다.

둘이 함께 여자애를 구하러 갔어도 그 뒤에 다시 여행에 나설 시간은 충분했다. 어쨌든 점심 시간대에는 하마마쓰에 도착했을 것이다.

그 여자애는 아마 그대로 됐다면 남자에게 성폭행을 당했을 터였다. 평범한 아이들이 학교에서 수업을 받는 그 시간에! ⋯⋯너무도 참담했다. 몇 년에 걸쳐 감금 상태였다는 사건도 있었고, 소리치고 탈출하려 했다가는 살해되었을 수도 있다.

결과적으로 차후에 오해라는 게 밝혀지더라도 그런 위험을 감지했을 때는 일단 어떻게든 구해주러 달려가야 하는 거 아닌가. 기껏해야 여행일 뿐인데! 게다가 파트너가 그걸 진지하게 얘기하는데. 혹시 정신이 이상해졌다고 의심했더라도 어쨌든 혼자 기차에서 내리게 해서는 안 되는 거잖아!

호텔에 도착한 쓰야마에게서는 '괜찮아요? 먼저 도착해서 기다리는 중. 상황을 알려줘요'라는 메시지가 들어왔다. 그는 아직 뉴스를 못 본 모양이었다.

가나는 분노가 치밀어 그 메시지를 저녁때까지 그냥

내버려두었다. 이윽고 마음을 돌려 '미안해요, 오늘은 아무래도 갈 수 없을 것 같네요. 나는 괜찮으니까 편하게 즐기고 오세요'라고만 써서 보냈다.

쓰야마에게서는 답장이 없었다.

이 '매칭'은 여기서 끝이라고 가나는 느꼈다.

◆

쓰야마에게서 연락이 온 것은 그로부터 일주일이 지났을 때였다. 사과 메일이었다.

그때는 순간적으로 혼란에 빠졌다, 뉴스를 통해 여자애가 무사히 구조된 것을 알고 가나의 말을 그 자리에서 믿지 못했던 것을 후회했다, 허락해순다면 다시 한 번 만나 정식으로 사과하고 싶다, 라는 내용이었다.

그날 자신이 했던 설명도 두서가 없긴 했다고 가나는 냉정히 돌아보았다. 애써 준비해준 여행을 망쳐버린 것에 대해 답장을 통해 사과했다. 하지만 그녀는 자신의 말이 무시당한 것 때문에 화가 난 게 아니었다. 쓰야마의

윤리관 결여를 경멸하고, 도저히 앞으로 '운명'을 함께할
수 없다고 느꼈던 것이다. 실제로 쓰야마의 메일에는 여
자애의 안위를 묻는다거나 자신이 구하러 나서지 않은
것에 대한 반성 같은 건 없었다. 다만 가나에게 보였던
태도를 후회하는 것뿐이어서 그게 다시금 그녀의 마음
을 냉랭하게 만들었다. 아이가 남자에게 성폭행을 당했
을 수도 있다, 라는 참담한 상상이 그 어린 허벅지에 손
을 얹었던 감촉과 함께 그녀의 마음속을 떠나지 않았다.

잇따라 크게 보도된 이 사건의 기사를 가나는 한바탕
읽어보았다. 여자애가 채팅 앱을 통해 알게 된 용의자 남
자에게 부주의하게 사진을 보냈고, 남자는 그걸 여기저
기에 뿌리겠다고 위협했다는 내용도 있었다. 차량이 아
니라 신칸센을 이용해 데려간 게 허술해 보였지만, 똑같
은 방법으로 성공했던 전력이 있는 모양이었다.

여자애는 복잡한 가정환경이었는지 가출을 거듭했다
고 하고, 가나에게도 그 뒤로 부모에게서 감사하다는 연
락이 오는 일은 없었다.

쓰야마에게는 메일로 '서로 간에 열심히 살아가기로

해요'라는 말로 더 이상 만나지 않겠다는 뜻을 전했다.

약간은 위선적인 그 말의 의미를 확인하려고 쓰야마에게서 다시 메일이 도착했지만 그녀는 거기에 답장을 하지 않았다.

쓰야마는 만남 앱에서 연결되었으나 결국 잘 풀리지 않은 사람들 중 한 명에 지나지 않았다. 그런 만남과 이별을 벌써 몇 번이나 되풀이했다. 그건 서로 마찬가지이리라. 이별의 계기는 보기 드문 사건 때문이었지만, 결과 자체는 그저 흔한 일일 거라고 생각했다.

◆

도쿄 마루노우치선 지하철 안에서 무차별 실상사건이 일어난 것은 그로부터 다섯 달 뒤였다.

가나는 친구와의 저녁식사 약속을 위해 택시를 타고 가던 길에 그 뉴스 속보를 보았다. 사람들로 붐비지 않고 널찍하고 환기가 잘 되는 장소를 찾다가 도라노몬 고급 호텔의 이탈리안 레스토랑을 예약했었다.

우연히도 약속 상대는 가나가 당시 유일하게 쓰야마에 대해 얘기했던 여덟 살 연상의 친구였다. 그녀는 헤어진 게 정답이었다면서 가나를 딱하게 여겨주었다.

"당연히 확 깨지. 역시 여차할 때 인간성이 드러난다니까."

그녀 자신은 결혼해서 중학생과 초등학생의 두 아이가 있고 남편과도 잘 지내고 있었다. 시간이 닿는 대로 가나와의 외식에도 자주 동행해주는 언니 같은 존재였다.

뉴스 속보 사건에 대해 잠깐 얘기했지만 아직 정보가 별로 없어서 서로 아, 무섭다, 무서워, 라고 주고받은 정도였다. 가나가 다시 인터넷 뉴스를 확인하고 그 속에서 '쓰야마 겐지'라는 이름을 발견한 것은 집에 돌아온 다음이었다.

가나는 처음에 용의자와 피해자를 착각했다. 분명하게 그렇게 인식한 건 아니지만, 혼란에 빠진 채 쓰야마가 사람을 죽였다고 생각했다. 인생에 절망해 자포자기 심정으로 사람을 마구잡이로 칼로 찌른 끝에 "사형당하고 싶었다. 누구라도 상관없었다"라고 마치 정해진 문구 같은 자백을 했다는 범인을 얼핏 쓰야마라고 단정한 것이다.
……하지만 사실은 완전히 정반대였다. 쓰야마는 피해자
였다.

작은 아이폰 화면을 멍하니 응시한 채 그녀는 잠시 숨
을 쉬지 못했다. 지난번에 기차 안에서 쿵쾅거렸던 심장
이 어쩌자는 것인지 완전히 똑같은 리듬으로 가슴 안쪽
을 내리쳤다.

범행 직후에 촬영한 지하철 안의 엄청난 피와 구급대
원들의 분투, 부상자 곁에 몸을 웅크리고 어떻게 해볼 방
도가 없어 울고 있는 사람의 모자이크 얼굴이 눈에 들어
왔다. 하지만 한창 범행이 일어나던 때의 영상은 방범카
메라 한 귀퉁이에 그 단편이 찍혀 있을 뿐이었다.

증언에 따르면, 쓰야마는 범인이 옆자리에 있던 초등
학생 남자애 두 명을 습격했을 때, 그 칼날을 가로막으려
다가 자신이 찔려서 출혈성 쇼크로 사망했다는 것이었
다. 학원 수업이 끝나고 오차노미즈역에서 지하철을 탄
초등학생들이었다.

◆

　쓰야마는 자신의 위험을 돌아보지 않고 아이들의 목숨을 지키고자 순간적으로 몸으로 막아선 인물로서 영웅시되었고, 이윽고 한 달여 만에 자연스럽게 잊혀져갔다.

　피하려 했다면 피할 수 있었고, 그렇게 했더라도 아무도 그를 나무라지 않았을 것이다. 하지만 그랬다면 아이들은 분명 칼에 찔렸을 터였다. 쓰야마가 도망치지 않고 몸을 던져 가로막고 범인과 티격태격하는 사이에 아이들은 다행히도 구조되었던 것이다.

　가나는 자신과 함께 있을 때 이외의 쓰야마에 관해 사망 후의 보도를 통해 처음으로 알았다. 라디오방송국 관계자뿐만 아니라 그의 프로그램에 출연했던 몇몇 연예인도 코멘트를 해주었기 때문에 한층 더 주목을 끌었다. 기사를 몇 개 읽어봤는데 그 중에서 별것 아닌 한 마디가 가나의 가슴을 찔렀다.

　"원래부터 착한 사람이었으니까 분명 반사적으로 몸이 먼저 움직였을 거예요. 정말로 쓰야마 씨다워요."

가나의 생활은 그 뒤에도 표면적으로는 큰 변화가 없었다.

여전히 원격근무가 중심이었고, 약간 때늦은 감은 있지만 도쿄 탈출도 고려해보기 시작했다. 혼자 보내는 시간이 많았지만 외식을 할 기회도 조금씩 늘어났다. 하지만 결혼을 위한 만남 앱은 오랫동안 손도 대지 않았다.

코로나에는 충분히 주의를 기울였으나 제6파 오미크론 유행 때, 마침내 가나도 감염되었다. 다만 백신주사를 3회 접종한 덕분에 다행히도 가벼운 증상으로 끝났다.

그런 하루하루 속에서 가나는 그 이후, 자신 속에 계속 응어리져 있는 감정을 표현할 언어를 찾고 있었다. 그리고 그걸 어떻게 해봐도 찾아내지 못했다.

'죄책감'이라는 말은 물론 가장 먼저 머릿속에 떠올랐고, 카운슬러에게서도 '일종의 ~'라는 식으로 그 단어가 나왔다. 하지만 자신의 어떤 것을 '죄'라고 느껴야 할지 알 수 없었다.

가나는 계속해서 자문하고 있었다. 쓰야마는 원래부터 그렇게 착하고 정의감 강한 사람이었던 것일까. 그걸 경박한 자신이 알아보지 못하고 그런 식으로 차갑게 이별해버렸던 것일까. 어쩌면 이별의 계기가 된 그날의 사건이 그를 그런 위험한 행동으로 몰아붙인 것일까. 실제 나는 그렇지 않다고, 이른바 자신의 윤리성에 대한 증명으로서? ······알 수 없었다.

'죄책감'이라는 말이 저절로 딸려 나오는 건 어느 쪽인가 하면 그 후자의 추측이었다. 그녀는 그의 죽음에 간접적인 책임감을 느끼고 있었다.

그런 생각은 카운슬러에게서도, 쓰야마와의 이별을 '정답'이라고 이해해준 연상의 친구에게서도 딱 잘라 부정당했다. 네 탓이 아니다, 라고.

자신이 반대 입장이었더라도 분명 똑같은 조언을 해줬을 것이다.

하지만 그 조언에 납득하면서도 그녀의 마음은 아무래도 풀리지 않았고 때로는 몹시 고통스러웠기 때문에 '죄책감' 같은 게 아니라 뭔가 좀 더 다른 언어가 있을 거라고 생각했다. 그 언어가 간절했다.

두 사람은 결혼을 전제로 '만남 앱'을 통해 서로를 알았고, 생면부지의 아이를 몸을 던져 구하려 했다는 매우 드문 선의를 공유한, 희귀할 정도의 '매칭' 성공 사례일 수도 있었던 것이다.

하지만 그게 이런 모양새로 실패로 끝나버렸다.

나는 대체 뭘 잘못했던 것일까…….

가나와 헤어진 뒤로 쓰야마가 다른 누군가와 교제했다는 보도는 없었다. 모든 게 자신의 지나친 상상이고, 쓰야마는 이미 나에 관한 것은 까맣게 잊어버렸을 거라고 상상해본 적도 있다. 그건 실제로 가능한 얘기였지만, 자신에게 유리한 상상이었던 만큼 더더욱 믿기가 어려웠다.

그날, 신요코하마역에서 여자애를 경찰에 인계한 뒤에 쓰야마를 뒤따라 하마나코에 갔었다면 얼마나 좋았을까. 하지만 그때의 나는 도저히 그럴 수 없었다. 그녀는 몇 번을 되짚어 봐도 그렇게 판단할 수밖에 없었다.

◆

　신형 코로나 제6파가 가라앉고 거대한 제7파가 닥쳐오기 전이던 2022년 6월 초, 가나는 혼자서 훌쩍 하마나코 여행에 나섰다. 쓰야마와 둘이 신칸센을 탔던 날로부터 2년의 시간이 흘러갔다.

　무엇을 위한 여행인지는 그녀 스스로도 잘 알지 못했다. ……무엇을 해야 하는 여행인 것일까. 하지만 그 무익한 느낌이 자신에게도 이해되지 않는 이 여행의 목적에 적합하다는 마음이 들었다.

　그날 둘이서 머물 예정이었던 호숫가 호텔에 도착한 것은 오후 2시 반이었다. 프런트에는 그녀 외에 다른 손님들의 모습은 없었고 그래서인지 조금 이른 시간에 체크인을 해주었다.

　객실 담당자의 안내도 없이 혼자 6층 객실에 들어서자 짐을 내려놓고 손을 씻고 마스크를 벗었다. 창밖으로는 하마나코 호수 남단이 보였다.

　건물은 녹음에 둘러싸였고 저 너머 다리 위로 자동차

가 빈번하게 오고갔다. 관광지라서 이곳 말고도 여기저기에 호텔이 보였다. 왼편은 태평양을 향해 시야가 활짝 펼쳐졌고, 주변에는 처마가 나지막한 민가가 줄지어 서 있었다. 인간의 삶과 호수가 오랜 세월을 들여 하나가 되었다는 걸 알 수 있는 풍경이었다.

공교롭게도 날씨가 흐려서 호수는 기대했던 만큼 아름다운 모습은 보여주지 않았다. 북쪽을 향해 훨씬 넓게 퍼져있을 텐데 호텔 방에서는 내다볼 수 없었다.

창가 의자에 자리를 잡고 코로 짧은 한숨을 토해냈다. 그 소리는 입가의 겨우 한줌의 공기만을 흐리게 한 뒤에 힘없이 사라졌다.

고요했다. 문득 이 방은 자신이 온 것을 아직 깨닫지 못한 거 아닌가, 하는 기묘한 감각을 가나는 느꼈다. 누군가 체크아웃하고 청소를 마친 뒤에 다시 다른 누군가 체크인하기까지의, 시간이 멈춰버린 듯한 무음無音이 그대로 남아 있는 것 같았다.

침대에 주름 하나 없이 팽팽히 씌워진 하얀 시트를 바라보았다.

그날 쓰야마가 홀로 이런 고요한 방에 있었을 거라고 생각했고, 아니, 분명 그건 아닐 거라고 그 생각을 수정했다. 그는 이 무음을 마치 비웃음이나 비난의 소리처럼 느꼈던 건 아닐까…….

그렇게 생각한 직후에 가나는 문득 어떤 기척 같은 것을 감지하고, 뒤를 돌아보았다.

아무것도 없었다. 하지만 이 방은 진즉부터 자신이 입실한 것을 뻔히 알고 있다고 생각했다. 단지 쓰야마를 긍휼히 여기는 마음과 자신에 대한 경멸 때문에 무시하고 있는 것이다. 이런 식으로 손님을 노골적으로 거부하는 호텔 방이라는 게 있는 거라고, 그녀는 쓸쓸하게 감지했다. 그리고 자신이 괴로워하는 건 이 쓸쓸함 때문이 아닐까 싶었다.

그날은 저녁때쯤부터 가랑비가 내려 결국 호텔에서 한 발짝도 나가지 못한 채 관내에서 저녁을 먹고 온천에 들어가고, 그러고는 아무것도 하지 않은 채 시간을 보냈다. 다만 밤중에 긴 꿈을 꾸었고 그 뒤, 아주 많이 울었다.

다음날 아침에는 날씨가 맑아서 호텔 근처를 잠시 걸

었지만, 이건 완전히 준비가 부족한 발상이었다. 일단 차 없이는 제대로 관광을 할 수 없는 곳이었다. 시골 동네 주택가를 빠져나와 20분쯤 걸어 겨우 호숫가에 도착했지만 그곳에서 뭘 할 수 있는 것도 아니었다.

가나는 제방에 손을 짚고 그냥 한참동안 서있었다. 하마나코 호수는 바다와 맞닿아있어 해수가 유입되는 기수호汽水湖라고 들었는데, 역시 냄새에 바다 향이 섞였고 바람에 파도가 일렁여 발치에서 소리를 냈다.

오늘 아침은 파란 하늘이 그대로 호수에 비쳐 끊임없이 반짝거렸다. 소박하지만 아름다운 경치였다.

그날, 현지에서 렌터카를 빌릴 거라는 얘기를 가나는 쓰야마에게서 듣지 못했던 것 같다. 하지만 그것도 실은 예약해뒀던 것일까…….

◆

오는 길의 상행선 도카이도 신칸센은 E석에 아직 자리가 있었다.

예상했던 대로 무엇을 위한 여행인지도 모른 채 다녀오는 길에 가나는 여전히 쓰야마를 떠올렸다.

짧은 교제기간 동안 그녀는 어지간히도 그와 결혼한다면, 이라는 미래를 상상했다. 그것이 과연 행복한 것이 될지, 항상 불안하게 머릿속에 그려보곤 했다. 그리고 지금, 그런 기억들은 잃어버린 결혼생활처럼 신기하게 그녀의 마음속에 고스란히 남아 있었다.

초등학생 남자애 두 명이 무사해서 정말로 다행이었다. 하지만 죽은 쓰야마는 너무도 가여웠다.

시즈오카현을 지나자 터널을 연달아 네 개를 뚫고 달렸다.

마지막 터널 하나는 길었고 그곳을 빠져나오자 후지가와 너머로 후지산이 보였다. 갈 때의 하행선 신칸센에서는 날이 흐려서 안 보였는데 오늘은 정말 근사하다. 가나는 그 산자락의 너른 품에 압도되었다. 후지산은 일본의 상징이라지만, 정상에 하얀 눈을 휘감은 채 그 군청과 심록의 산비탈에는 야성적이고 거의 무국적의 분위기가 있었고, 인간이 이곳에 터를 잡고 살았던 아득한 옛 시간이 그곳에만 남겨져 있는 듯한 느낌이 들었다.

차내에서 셔터 소리가 연거푸 들렸지만 가나는 사진은 찍지 않았다. 철교를 넘어 주택가며 제지공장 지대에 접어든 뒤까지 의외로 오랫동안 산이 보였지만, 방음벽이 몇 번 시야를 차단하고 지나가는 사이에 이윽고 그 모습은 사라져버렸다.

이걸 위해 그날 일부러 히카리호 대신 고다마호의 E석에 앉았던 것이다.

쓰야마는 그 뒤에 혼자서 후지산을 봤을까.

가나는 문득 후지산의 정면이라는 건 어느 방향에서 본 모습일까, 하고 생각했다. 그리고 우키요에 풍경화에 그려진 그림 몇 개를 머릿속에 떠올려보는 사이에 갑자기 가슴이 먹먹해졌다.

후지산에는 아무 관심도 없었다. 하지만 이미 멀어져 간 그 산의 모습을 다시 떠올리며, 오늘 볼 수 있어서 정말 좋았다, 진심으로, 그립다, 하고 마음 깊이 생각했다.

이부키

*

　사이토 이부키가 그날 이케부쿠로의 맥도날드에서 아이스커피를 마신 것은 그야말로 우연한 일이었다.

　장마가 시작되기 전, 일요일 오후였다.

　학원 모의고사 끝날 시간에 맞춰 외아들 유마를 데리러 간 것인데 평소에는 다른 학부모들로 북적거렸을 건물 주변에 웬일인지 인기척이 전혀 없었다. 출입구 담당자에게 물어보니 시험 해설 수업이 3시 15분에 끝난다고 했다. 깜빡하고 한 시간이나 일찍 와버린 것이었다.

　이부키는 자신의 바보짓에 어이없어하면서 어디서 시간을 때워야 하나, 하고 난감했다.

　도쿄는 그날 쨍쨍한 햇빛이 쏟아지는 맑은 날씨였다. 하늘은 파랗고 구름은 하얗고, 오후 2시경에는 기온이 36도에 달했다. 기후 변화가 심화되면서 웬만한 일에는 놀라지도 않게 되었지만, 역시나 이맘때쯤에 이토록 무더운 건 이례적이었다. 게다가 습도가 높아 흰색 폴로셔츠에 카키색 반바지의 편안한 차림새로 나온 이부키도

역에서 잠깐 걸어오는 사이에 가슴팍이며 등짝이 불쾌한 땀으로 젖어버렸다.

주변을 대충 돌아다니다 보니 파란색 깃발에 '빙수'라고 적힌 빨간 글씨가 눈에 들어왔다.

노포인 듯한 화과자점에 카페 공간이 병설되어 있었다. 그러고 보니 올해는 아직까지 빙수를 한 번도 먹지 않았다. 자동문을 지나 에어컨이 빵빵한 실내의 안쪽까지 들어갔지만 순서를 기다리는 손님이 일곱 팀이나 있다는 말을 듣고 그냥 돌아 나왔다.

그러고는 또 다른 가게를 찾아봤는데 하나같이 손님들로 북적거려서 결국 맥도날드에서 아이스커피를 마시는 처지가 되었다. 혼자서 맥도날드에 들어온 게 몇 년 만인가. 십 년, 아니, 십오 년만인지도 모른다. 대학생 때는 그도 어지간히 맥도날드에 신세를 졌지만, 요즘에는 유마가 졸라서 함께 오더라도 너겟 한두 개를 집어먹는 정도였다.

햄버거 자체는 꽤 좋아하는 편이어서 최근에 연달아 국내에 진출한 미국 체인점은 대부분 찾아가 맛을 봤다.

그런 곳에서 넘치도록 끼워진 치즈며 베이컨, 흘러내릴 만큼 큼직한 아보카도가 든 햄버거를 정복하듯이 덥석덥석 먹어봤으니까, 한 마디로 맥도날드는 이미 졸업해버린 것이다.

가게 안에는 휴일 오후인데도 노트북을 펴놓고 작업하거나 교과서며 참고서를 늘어놓고 공부하는 손님들이 적지 않았고, 커피만 마시는 사람도 의외로 드물지 않았다. 마침 그런 시간대였기 때문인지도 모른다.

에어컨으로 시원해진 가게 안으로 큼직한 창문을 통해 오후의 졸음을 부를 것 같은 빛이 비쳐들었다.

휴대폰을 만지작거리며 이부키는 이따금 가게 안을 멍하니 관찰하고, 자신은 이미 이 세계에는 속하지 않고 오늘은 정말 우연히 이곳에 온 거라고 느꼈다.

힙합 계열의 헐렁한 티셔츠를 입은 옆자리의 젊은이 두 명이 각자 손에 빅맥을 들고 의자 등받이에 몸을 맡긴 채 다리를 꼬고 앉아 이야기에 빠져 있었다. 그의 자리까지 풍겨오는 냄새를 맡으면서 이부키는 약간 속이 울렁거리는 것을 느꼈다. 이제 자신은 빅맥을 주문할 일은 더 이상 없을 터였다. 그뿐만 아니라 그가 평소에 만나는 사람들—동년배나 선배들로, 그 나름의 생활수준을 누리는 이들—이라면 아마도 "그야 이제 못 먹지"라고 한 눈을 찡긋하듯이 얼굴을 일그러뜨리며 쓴웃음을 섞어 동의할 터였다.

그래도 그때 이부키를 덮친 향수에는 기억시스템에 장애라도 발생한 것처럼, 순간 당황했을 정도로 빠르게 돌아가는 게 있었다. 대학시절에 혼자 지내던 자취방에서 바닥에 빅맥 세트를 펼쳐놓고 먹었던 광경에서부터 후배가 아르바이트하는 가게에 놀려먹기도 할 겸 찾아갔을 때의 광경, 근처 맥도날드에서 한여름에 상반신에 온통 보랏빛 키스마크가 가득한 여자가 탱크톱 차림의 백인 남자와 맨 앞에 줄을 서있던 광경…… 모두 지난 십오 년 동안 한 번도 떠올려본 적이 없었던, 그야말로 이제는 아무 도움도 안 되는 기억들뿐이었다.

이부키는 그중 어느 하나에도 머물지 못하고, 그냥 그런 것들이 뒤죽박죽 펼쳐진 대학시절의 추억에 잠시 기분 좋게 잠겨 있었다.

자신이 나이를 먹었다는 것을 느꼈다. 이런 잡동사니 같은 기억을 다음에 다시 떠올리는 건 언제일까. 그것들은 지금까지 깊숙이 저장되어 있었던 만큼 이따금 떠오르던 기억보다 도리어 원래 모습 그대로 생생했다. 죽을 때까지 내 안에 계속 남아있는 것일까. 앞으로 40년쯤을? 노후에 요양시설에 들어간 뒤에 날마다 느긋하게 회상하기 위해 소중히 보관해두어야 할지도 모른다. 나라는 인간이 이 세상에 존재했었다, 라는 사실의 실체는 말하자면 그러한 경험의 집적인 것이다.

그렇다고 해도 옛날의 '마들렌과 홍차'의 조합에는 이렇게까지 강렬한 기억 환기 능력은 없을 거라고,《잃어버린 시간을 찾아서》를 읽어본 적은 없고 단지 '프루스트 효과'라는 말만 알고 있는 이부키는 생각했다. 마치 약물의 작용처럼 맥도날드 햄버거에는 뇌의 기억 영역을 해킹하는 뭔가 특별한 화학물질이라도 포함되어 있는지 모른다. ……이부키는 그런 걸 진지하게 믿는 인간은 아니었지만, 분명 그렇기 때문에 이따금 몹시 먹고 싶어지는 거라고 친구들과 농담처럼 얘기해보는 건 즐거울 것 같왔다.

　이부키의 왼편에는 그와 비슷한 나이대의 여자 둘이
마주앉아 있었다. 분위기로 보아하니 그녀들도 아이의
모의시험이 끝나기를 기다리는 모양이었다. 자리가 가까
워서 그녀들의 대화 소리가 듣기 싫어도 귀에 들어왔다.
　"이런 기름기 있는 거, 오랜만에 먹어본다."
　"왜, 다이어트 중이야?"
　"대장내시경 검사에서 용종을 제거했거든."
　"아, 지난번에 얘기했었지, 검사 받는다고?"
　"맞아, 거기서 용종을 세 개나 떼어냈어."
　"헉, 세 개나?"
　"그래, 모두 단순한 용종이긴 했지만 그런 게 있을 줄
상상도 못했으니까 정말 깜짝 놀랐어."
　"아휴, 나도 검사 받아봐야 할까?"
　"당연히 받아야지. 그걸 그대로 두면 대장암이 된다니
까."
　"어머, 겁주지 마."

"아니, 넌 검사를 도통 안 받잖아."

"약간 저항감이 있긴 해."

"마취하니까 자고 나면 끝이야. 위 내시경은?"

"위 내시경은 했어."

"그럼 그거하고 똑같아. 검사받는 게 좋아, 분명히. 팔십 퍼센트가 용종이 발견된다잖아. 내가 갔던 병원, 소개해줄까?"

"글쎄, 그럼 가볼까?"

이부키는 안 듣는 척하는 얼굴로 시선을 딸군 채 휴대폰으로 '대장내시경 검사'를 검색해보았다.

그는 해마다 유료 건강검진을 받고 있어서 LDL 콜레스테롤 수치가 약간 높은 것과 노안이 시작되어 시력이 떨어진 것 외에는 딱히 문제가 없다는 결과를 받았다. 헬스클럽에도 일주일에 한 번 꼬박꼬박 나가서 마흔세 살 치고는 배도 별로 나오지 않았다. 그러고 보니 옵션 중에 대장내시경 검사도 있었던 것 같은데 일단 대변검사에서 뭔가 걸리는 게 있을 때나 받는 거라고 생각해서 한 번도 신청해본 적은 없었다.

검색 결과를 보니 소화기내과 광고가 줄줄이 올라와서 그중 디자인이 그럴싸한 것 하나를 골라 눌러보았다.

'이런 증상이 있는 분은 대장내시경 검사를 받아보세요'라고 나와 있고, 배변 시의 출혈이나 급격한 체중감소, 복통, 변비, 설사, 변이 가늘다…… 등등이 열거되었지만, 이건 누구든 한 가지쯤은 해당되는 거 아닌가 싶었다. 하지만 원래부터 위장이 튼튼한 편인 이부키는 실은 그중 어떤 것과도 관계가 없었다.

그래도 뒤를 이어 '대장내시경 검사의 장점'이라는 항목을 읽어보고 있으려니 점점 가슴속에 불길한 뭔가가 퍼져갔다. 이른바 식생활의 서구화에 따라 우리나라에서도 대장암에 걸리는 비율이 지속적으로 증가하고 있다, 특히 소고기나 베이컨, 소시지 등의 가공육은 리스크가 높다, 남성의 대장암 사망률은 암 전체의 부위별 통계 중 2위이다, 연령대로 보면 30대 이상부터 지수 함수적으로 증가한다…….

가게 안에 자욱한 햄버거 냄새는 콧구멍 속에 묵직하게 고여 점점 더 확실하게 그가 지금까지 먹어온 가공육의 기억들을 끌어냈다. 마치 집고양이가 옷장 서랍 속을 뒤지는 것 같은 기세였다.

그러고 보니 얼마 전에 왼쪽 옆구리에 둔통을 느낀 적이 있었다. 금세 나아서 잊어버렸지만, 여태까지 전혀 느껴본 적이 없는, 일종의 난해한 아픔이었다. 대장암은 초기에는 거의 자각증세가 없고 알았을 때는 상당히 진행된 상태라고 한다. 이부키는 역시나 이 과잉반응을 자조했지만 그 웃음이 스르륵 걷힌 뒤에도 가슴속에 눌어붙듯이 불안이 남아 있었다.

그는 광고 중에서 방문후기가 좋고 점수도 괜찮은 병원을 검색해보다가 아자부쥬반 자택에서 그리 멀지 않은 병원 하나를 찾아냈다. 의사가 게이오 의대 출신이라서 만일의 경우에는 대학병원과도 연계해 대응해준다고한다. 예약은 2개월 뒤까지 꽉 차있었지만, 누군가 취소했는지 단 한 군데, 평일 오후에 빈 칸이 있어서 일정을 확인해보니 그럭저럭 맞출 수 있을 것 같았다. 다들 역시 검사를 받고 있는 것이다.

그 뒤에 유마를 데리러갈 시간까지 내내 대장내시경

에 대한 정보를 검색했지만 읽어볼수록 불안해져서 이제 그만하자, 하고 휴대폰을 테이블에 탁 내려놓았다. 인터넷으로 질병에 대해 알아보기 시작하면 반드시 자신이 이미 심각한 병에 걸렸다고 결정된 듯한 기분이 든다. '건강염려증'이라는 것도 인터넷을 검색해 알아낸 정신질환의 명칭이지만, 분명 그런 경향이 적지 않을 것이다.

얼음이 녹아 싱거워진 아이스커피를 빨대로 마시면서, 내가 지금 암에 걸리면 가족은 어떻게 되나 하고 생각했다. 그리고 작은 한숨으로 머릿속에 끈질기게 엉겨드는 잡념을 털어냈다.

창문에 운집한 눈부신 햇빛은 망막을 통해 그의 내측에까지 들어와 그 마음속 그림자를 더욱 진하게 만들었다. 세계가 환할수록 불안한 인간의 마음이 한층 더 그늘지는 것은 심리적이라기보다 그런, 이른바 광학현상 때문인지도 모른다.

검사를 받아 용종을 세 개나 떼어내고 이제는 쌩쌩한 옆자리 여성이 진심으로 부러웠다. 냉큼 검사를 끝내고 자신도 한시바삐 그쪽 편으로 가고 싶었다.

맥도날드에서 나오자 에어컨 덕분에 조금 식었던 몸에서 둑이 무너지듯 단숨에 땀이 쏟아졌고 그 속에는 조금 전의 불안한 상상에 의한 것도 섞여 있었다.

모의고사 시험장 빌딩 앞에 양산을 든 엄마들이 모여 있는 게 멀리서도 보였다.

아이들이 학원 담당자들의 배웅을 받으며 한 명 한 명 건물에서 나오자 순식간에 사람들로 북적거렸다. 양손으로 백팩 스트랩을 잡고 나오는 유마를 발견하고 크게 손을 흔들었다.

"어땠어?"

이쪽을 향해 달려온 유마는 여느 때처럼 "뭐, 그냥 그랬어"라고만 답했다. 백팩을 받아주자 홀가분해졌는지 새삼 이부키를 올려다보았다.

"아빠, 괜찮아?"

"응? 뭐가?"

"어쩐지 얼굴이 창백해."

"그래? 별일 없는데?"

이부키는 아무리 그래도 어린 아들에게까지 걱정을

끼친 자신이 잘못했다고 반성하고, 애써 환하게 웃어 보였다. 그러고는 친구가 말을 걸어오자 나란히 앞서서 걸어가는 아들의 등을 지그시 바라보며 따라갔다.

**

이부키의 설명을 듣기 전까지 에미도 대장내시경 검사 같은 건 생각해본 적도 없었다.

남편보다 두 살 연하인 그녀는 얼마 전까지 삼십 대였기 때문에 친구들 사이에 그런 검사에 대한 대화가 없었던 것도 당연한 일이었다. 화제에 오른 건 오히려 부인과 쪽 질병 검사였다. 자궁 근종 수술을 받은 친구도 두 명이 있었다. 다행히 그녀 자신은 아직까지 유방암 검진을 포함해 딱히 별다른 이상은 발견되지 않았다.

에미는 앞으로 이런 대화가 점점 많아지겠구나, 하고 자신이 '중년'의 나이에 접어든 것을 실감했다.

소고기가 환경에 좋지 않다는 얘기는 최근에 자주 귀에 들어왔지만 식생활을 바꿀 만큼 의식해본 적은 없었다. 남편과 마찬가지로 그녀도 고기를 좋아했다. 마블링 와규는 이제 소화를 못하지만 붉은 살 숙성육이 국내에 서도 유행한 뒤로는 이전보다 더 자주 먹고 있었다.

지구를 위해서도 내 몸을 위해서도 앞으로는 줄이는 게 좋으려나……. 냉동실 안을 머릿속에 떠올리며 에미 는 멍하니 생각했다.

"당신도 검사 받아봐. 대체적으로 변비 기미잖아. 별 이상이 없다면 그걸로 안심도 될 거고."

"아빠, 지금 밥 먹는 중이야."

유마는 자기가 좋아하는 닭가슴살 치즈프라이를 벌써 세 개나 먹었는데도 또 한 개를 큰 접시에서 덜어가고 있 었다.

"엇, 미안, 미안. 유마, 오늘 정말 잘 먹네. 보는 내가 기 분이 좋아질 정도야."

"학교에서 오래달리기를 했거든."

"아, 그래서? 거기 양배추도 먹어."

"먹고 있어."

"전혀 줄지 않았는데? 같이 먹어주는 게 좋아, 양배추 채는 프라이하고 먹을 때 특히 맛있으니까. 그때 아니면 맛없어."

이부키가 젓가락으로 양배추를 가리키며 말했다.

유마는 아빠를 좋아해서 휴일이면 곧잘 근처 공원에서 함께 놀았다. 에미에게는 비밀로 하고 게임센터에 가기도 했다. 전에는 결국 끝까지 감추지 못하고 에미에게 털어놓곤 했지만 요즘에는 입을 꾹 다물 만큼 지혜도 생겨났다.

외동이라 장난감 등을 놓고 티격태격할 형제도 없어 집 안에서는 공부를 하거나 혼자 게임을 하거나 둘 중 하나로, 꽤 얌전한 편이다. 이부키도 다정하게 대해줬기 때문에 딱히 반항하는 일도 없었다. 중학교 입시 공부를 시작해서 교대로 과제를 봐주는데, 가르치나가 다툼이 일어나는 건 어느 쪽인가 하면 에미 쪽이었다.

최근 인터넷에서 '식당처럼 풍성하게 양배추 채 써는 방법'이라는 사이트를 발견하고 그대로 해봤는데—심지를 제거하고 떼어낸 양배추 잎을 엽맥이 가로방향이 되게 돌돌 말아 자르면 된다— 정말로 멋지게 성공해서 작은 산처럼 쌓인 양배추 채의 초록빛이 선명했다. 평소에 썰던 방법이라면 큼직한 심지가 뒤섞여 전체가 허옇게 보인다.

양배추 채의 아름다움만큼, 오늘은 평소보다 더 행복한 식탁으로 느껴졌다. 과장스럽지만 왠지 그렇게 느꼈다. 양배추 채는 프라이와 함께 먹을 때만 맛있다는 이부키의 의견에도 동감이었다. 결혼한 지 11년째지만 남편과는 마음이 잘 맞아서 함께 지내기에 피곤하지 않은 게 좋았다.

양배추 써는 방법을 바꿨다고 알려주자 이부키는 눈이 둥그레져서 감탄했다.

"오, 그래? 이거, 진짜 평소보다 잘 됐네. 드레싱 없이도 단맛이 느껴져."

그러고는 프라이와 함께 다시 양배추를 듬뿍 큼직한 입에 넣었다.

그는 다시 대장내시경 검사 화제로 돌아갔다. 맥도날드에서 우연히 그 애기를 들은 뒤에 주위에도 말해봤더니 사십 대 후반을 넘긴 꽤 많은 친구며 지인들이 이미

다 검사를 받았더라면서 놀라고 있었다.

불안의 반증인지 그의 말투는 거의 조증躁症 기미를 보였다.

"다들 벌써 했더라니까? 특히 대변검사에서 뭔가 문제가 발견되었기 때문이 아니라 그냥 우연한 기회에 남들이 권해서 해봤다는 거야. 근데 그중에 용종이 전혀 없었다는 사람이 한 명도 없어. 대개는 한두 개쯤 떼어냈더라니까. 왜 그런 얘기를 안 해줬는지 몰라. 검사 전후에 식사 제한이 있어서 다들 회사를 쉬기도 했을 텐데, 나만 여태까지 까맣게 몰랐지 뭐야."

"굳이 남한테 얘기하고 다닐 일도 아니잖아."

"그런가? 나라면 분명 말했을 텐데? 나름대로 이런저런 얘기를 회사에서 나눠왔다고 생각했는데 이런 중요한 화제는 아무와도 공유하질 못했어. 이상하지, 나만 딴 세상에 있었던 거 같잖아."

"유난히 심각하네? 그냥 우연히 그렇게 된 거야."

식사 중에 나눌 만한 얘기도 아니어서 에미는 그렇게 말을 끊고, 유마에게 오늘 했던 오래달리기에 대해 물어보았다.

그래도 그녀는 그날, 역시 어딘지 모르게 행복했다. 그 실감은 써는 방법을 바꾼 양배추 채만큼이나 미묘한 것이었다. 하지만 의식해서 씹어본다면 확실하게 알 정도의 차이였다.

*

검사 일주일 전의 문진 때까지 이부키는 회사일로 정신없이 바빴다. 덕분에 불안한 망상에 시달리지 않고 넘어갈 수 있어서 좋았다.

이부키가 찾아간 소화기내과는 크지는 않지만 고급 맨션의 입구를 연상시키는 디자인으로 대기실 바닥이며 벽은 대리석 타일이고, 은은한 간접 조명에 실내 음악은 작은 소리로 재즈가 흘러나왔다. 접수처 여직원들도 유니폼부터 마치 호텔 프런트 담당자 같은 분위기였다.

우선 간호사가 채혈을 하고 한바탕 검사에 대한 설명을 들은 뒤에 진료실로 불려갔다.

• 이부키 •

의사는 이부키와 띠동갑쯤은 연상인 남자로, 목소리에 억양을 넣지 않고 담담하게 문진을 해주었다.

"그러면 딱히 자각증상은 없지만 한 번 검사를 했으면 한다는 말씀이군요. 나이대로 봐서도 이제 한 번은 해두시는 게 좋죠."

나중에 알았지만, 증상이 있으면 대장암 검사도 보험 적용이 가능한 모양이었다.

검사 전날에는 병원에서 구입한 레토르트 '대장 검사식'으로 세끼를 먹었다. 흰죽, 버섯죽 등이고, 양은 적었지만 맛은 의외로 나쁘지 않았고 저녁식사로는 소스에 조린 햄버그까지 딸려 있었다.

유마는 흥미진진한 기색으로 어린이용 런치 같은 그 작은 햄버그를 한 입만 먹어보겠다고 졸랐다.

"아이구, 아빠 저녁은 이것뿐인데? 뭐, 좋아, 그럼 딱 한 입이다?"

"알았어, 알았어. ……오, 맛있네."

"의외로, 그렇지? 훨씬 더 맛없을 거라고 미리 각오했는데 말이야."

유마는 그 전날에야 이부키가 받을 검사가 항문으로 내시경을 삽입한다는 걸 알고는, 과도하게 상상력이 자극되었는지 그 이후 저 혼자 아픈 듯 얼굴을 찡그리거나 갑작스레 웃음을 터뜨리기도 했다.

이부키의 시선으로 보자면, 유마는 요즘 아이들답게 성적인 자극에 대해 거의 무균상태 같은 환경에서 성장하고 있었다. 5학년이 되면서 학교에서 그런 쪽의 농담도 친구들과 주고받는 눈치였지만, 이따금 귀에 들어오는 내용이 너무도 유치하고 천진해서 내심 어이없어하곤 했다. 그리고 저녁식사 때의 형사 드라마에 노골적인 정사 장면이 나오고, 예능 프로는 성희롱을 재밋거리로 삼고, 편의점에는 야한 표지의 에로틱 잡지를 떡하니 진열해서 아직 미숙했던 성욕을 사방팔방에서 선동하던 자기 세대는 역시 이상했던 거라고 새삼 생각했다.

유마가 '대장내시경 검사'를 재미있어한 것도 부모에게는 털어놓지 못할 음침한 저의 따위는 전혀 없는, 완전히 유치한 흥분이었다. 이부키에게 그건 다른 한 편으로는 옛날 같으면 중학생이나 배울 만한 어려운 내용을 학원에서 공부하는 것과 대조적으로 느껴져서 최근 며칠 동안 끊임없이 자신의 소년 시절을 되짚어 떠올려보게 되었다.

검사 당일에는 장 정결제를 10분 간격으로 기록해가면서 2리터나 마셔야 했다. 처음에는 불가능한 거 아닌가 싶었지만 스포츠드링크 같은 맛이어서 의외로 마시기 수월했다. 그 전날에도 장 정결제를 먹었는데, 대체로 한 시간쯤 지나 효과가 나타난다고 간호사가 설명해준 그대로였다.

암이 발견된 사람은 없었던 덕분에 지인들이 들려준 검사 경험담은 하나같이 명랑했다. 검사 중에는 푹 자면 되기 때문에 화제는 저절로 검사 전의 장 정결제 복용이 고역이라는 것에 집중되었고, 그게 마치 사십 대라는 나이를 받아들이기 위한 통과의례처럼 여겨졌다.

이부키는 왕년의 프로야구 선수가 추억 얘기를 주고받는 대담 동영상을 봐가면서 열심히 화장실과 자기 방을 들락날락했다. 배탈과는 달라서 복통은 없었고, 낯선 정결제의 통과에 그의 소화기관은 크게 저항하는 일 없이 협조적이었다.

회를 거듭할 때마다 시시각각 내부가 정화되고 마지막에는 정결제가 단지 열기를 띠고 통과할 뿐이었다.

이부키는 인간이란 간단히 요약하면 한 줄의 관이라는 점을 절절히 실감했다. 내과도 여러 분과가 있지만 소화기내과야말로 가장 본질적인 게 아닐까. 그 한 줄기 관의 양 끝에 입구가 있고 출구가 있다. 영양을 투입하고 그걸 유지하기 위해 신체가 이토록 복잡하게 구조화되어 있다. 생물로서 가장 세련된 형태를 하고 있는 것은 분명 뱀이 틀림없다. 하지만 그 관을 유지하기 위한 시스템이야말로 인간이 인간일 수 있는 이유인 것이다…….

병원 탈의실에서 파란색 검사복으로 갈아입은 뒤 간호사의 안내에 따라 침대에 누웠다. 다시 한 번 검사 순서를 설명해줬는데 마스크를 쓴 간호사의 얼굴과 목소리가 초등학생 때 뻔질나게 드나들었던 '과자가게 아주머니'를 닮은 사람이었다. 이어서 왜 이런 생각이 날까, 하고 이부키는 돌연한 연상을 의아해했다.

팔뚝에 주사바늘이 꽂히고 옆으로 돌아눕자 의사가 "시작하겠습니다"라고 말했다. 마취는 위내시경 때 경험해본 적이 있었다. 완전히 의식이 없어지는 게 아니라 반쯤 깨어있는 상태라는 설명이었지만 실제로는 거의 아무것도 알지 못했다.

간호사가 약을 투입한다고 알리고 몇 초쯤 지나면 이미 검사는 끝나있을 터였다. 도중에 힘들면 손을 들어달라고 했고, 준비하는 의사의 허리 근처가 보였고…… 가스를 주입하는 듯한 기계음이 들리고 뱃속에서 뭔가 하고 있는 것을 알았다. 아프지는 않았지만, 직장 근처가 화끈거리는 게 느껴졌다.

"……아프세요?"

간호사 목소리였다. 뭔가 반응을 했는지, 마취를 추가한다고 알려주었다.

……검사가 언제 끝났는지는 모른다. 소요 시간은 15분에서 20분이라고 미리 얘기했었다. 천천히 깨어났지만, 한참동안 눈앞의 계단을 미처 다 올라가지 못해 층계

참에서 쉬고 있는 듯한 감각이었다. 복부에 별다른 통증도 없었고, 눈을 뜨자 어느 샌가 스트레처 카로 다른 병실에 옮겨져 있었다. 어슴푸레한 조명 아래 옆에 있던 간호사가 친절하게 말을 건네주었다.

"큰 게 하나 있어서 시간이 좀 걸렸지만, 잘 견디셨어요. 괜찮으세요?"

몽롱한 상태였기 때문에 더욱더 '과자가게 아주머니' 같아서, 이미 얼굴은 희미하게 잊었지만 그 가게의 모습과 실루엣이 뇌리에 엷은 막처럼 떠돌았다.

"네……. 고맙습니다."

"한참 쉬어도 괜찮으니까 일어날 수 있을 때 얘기해주세요."

간호사가 나가고 이부키는 잠시 멍하니 천장을 올려다보았다. 뭔가 끊임없이 질문을 받는 듯한 느낌이었다. 누구인지도 모르고 결국 어떤 질문인지도 알지 못했지만 이윽고 몸을 일으켜 병실을 나왔고 탈의실에서 휴대폰을 확인했다. 그리고 그때서야 예정보다 훨씬 길게, 두 시간이나 지났다는 것을 알았다.

• 이부키 •

병원 대기실 창문은 벌써 어슴푸레했다. 학원에 유마를 데리러가는 시간에 맞출 수 있을지 슬슬 걱정이 되기 시작한 참에 진료실에서 이름을 불렀다.

노크하고 들어가자 의사가 내시경으로 촬영한 사진을 마우스를 굴려가며 정리하고 있었다.

"어서 오세요."

"수고하셨습니다."

"지난번 채혈 결과는 이쪽이에요. 별 문제없지요? 그리고 용종은 두 개를 절제했습니다. 지금 보여드릴 건데…… 보이시죠? 이게 직장이에요. 여기서 주욱 가서…… 여기에 한 개가 있었어요. 이건 5밀리미터 정도였는데 깨끗이 떼어냈습니다. 그리고 좀 더 올라가서…… 여기예요, 2센티미터로 상당히 큰 용종이었어요. 이긴 방치했다면 암으로 진행될 위험이 높았습니다. 다행이죠, 이번에 절제해서."

"그렇습니까. ……아휴, 오싹하네요. 정말 감사합니다."

이부키는 척 보기에도 질이 안 좋은 듯한, 일그러진 요철 모양의 용종 사진을 쳐다보며 마른침을 삼켰다. 그리고 진심으로 감사의 마음을 담아 머리를 숙였다.

의사는 표정이 바뀌는 일 없이 설명을 이어갔다.

"이제 생체검사실에 보내면 일주일 뒤에 정식 결과가 나올 거예요. 전화로 설명하는 건 금지되어 있으니까 꼭 병원에 나오셔야 합니다."

그러고는 앞으로 2주일 동안의 주의사항을 알려주었다.

평소처럼 지내도 괜찮지만 격한 운동은 상처가 벌어질 우려가 있으니 엄금, 식사는 기름진 것이나 채소 등 소화가 어려운 것은 피하고, 안내서에 적힌 설명을 참고해달라, 술은 안 되고, 장거리 여행도 불가, 욕조 목욕은 삼가고 샤워만 할 것, 혹시라도 출혈이 있을 시에는 24시간 언제든 상관없으니 곧바로 연락할 것…….

이부키는 배가 고파서 검사가 끝나는 대로 오는 길에 봐둔 치킨버거 식당에 들를 생각이었는데 그건 잘못된 발상이었던 모양이다.

진료비 계산을 끝내자 아까 깨어날 때 곁에 있었던 '과자가게 아주머니'를 닮은 간호사가 그에게 물었다.

"집에는 어떻게 가실 거예요?"

"그리 멀지 않아서 그냥 걸어갈까 했는데, 안 될까요?"

"어디쯤이죠?"

주소를 알려줬더니 그녀는 고개를 저었다.

"그럼 택시 타셔야겠네. 오늘은 무리하지 않는 게 좋아요."

그래도 집 근처에서 내려 잠깐 슈퍼에 들러서 장을 봤다. 예상보다 많이 사들여서 양손에 슈퍼봉투를 들고 걸어가려니 생각 탓인지 복부에 슬슬 통증이 느껴졌다.

**

검사 이후 이부키는 2주일 동안 병원에서 일러준 식사 제한을 엄중하게 지켰다. 날마다 우동이나 죽, 구운 생선살, 두부, 바나나, 요구르트 등을 먹었고 소화가 안 되는 채소나 고기는 일절 입에 넣지 않았다. 물론 술을 마시고 싶다는 등의 말도 하지 않았다.

그런 면에서는 아주 성실했지만, 에미는 보기가 딱해서 '먹어도 되는 것'의 목록에 적혀 있는 대로 다진 닭고기와 무를 넣어 국을 한 냄비 끓여주었다. 그건 정말 좋아해서 전자레인지에 데워가며 사흘을 들여 다 먹었다.

지방을 전혀 섭취하지 않아서 탄수화물에 치우치기 쉬운 식사인데도, 이부키는 몸무게가 점점 줄어들었다.

"용종이 두 개나 있었어. 한 개는 상당히 컸고."

"정말 그런 게 있었네. 그거, 떼어내면 이제 괜찮은 거야?"

"그렇겠지? 다들 검사 받은 얘기를 안 한 것도 이해가 되더라. 역시 암이 발견된 사람도 있었을 거야. 그러니 나는 없었다고 무턱대고 좋아할 수도 없지. 친지 중에 암이 발견된 경우가 있을지도 모르는데."

"그건 그러네."

대화를 듣고 있던 유마가 태연하게 물었다.

"아빠, 암 아니었어?"

"암 아니야. 그냥 양성 용종이었어. 깨끗이 떼어냈으니까 아빠는 괜찮아. 근데 아직 상처가 벌어질지 모르니까 평소처럼 아빠한테 와락 뛰어들거나 위에 올라타면 안 돼. 출혈이 일어나면 큰일이거든."

이부키는 순조롭게 회복되었고, 상처 자리에 출혈도 없었던 모양이다.

시간이 나서 병원에 생체검사 결과를 들으러 간 것은 드디어 식사 제한이 끝날 무렵이었다.

에미는 그날, 회사 일로 귀가가 늦어져 저녁 요리를 포기하고 슈퍼에서 반찬을 사들고 왔다. 이부키도 뭐든 먹을 수 있게 되었기 때문에 고기며 채소도 골고루 구입 했다.

유마가 학원에 간 날이었는데 데리러갈 시간까지는 아직 여유가 있었다.

이부키는 벌써 와있었지만 집 안이 고요해서 그녀의 열쇠 소리가 울렸다.

"여보, 나 왔어."

거실에 들어가보니 이부키가 외출복 셔츠차림 그대로 소파에 앉아 있었다. 조명은 평소와 똑같은데도 왠지 지

나치게 환한 느낌이 들었다. 그건 남편의 모습이 너무도
적나라하게 드러났기 때문인지도 모른다. 대답도 없이
창밖을 보고 있는 남편에게 에미는 다시 한 번 "여보, 나
왔어"라고 말을 건넸다.

그가 이곳 26층에서 보이는 경치에 시선을 빼앗기는
건 드문 일이었다. 애초에 딱히 고층아파트에 대한 동경
이 있었던 것은 아니지만, 90제곱미터로 꽤 큰 넓이에 어
떻게든 손이 닿을 만한 가격이었기 때문에 따로 저층아
파트는 찾아볼 것도 없이 필연적으로 고층을 선택하게
되었다.

매입 직후에는 발 아래로 주택가가 훤히 내려다보이
는 조망에 흥분하기도 했는데 금세 그 단조로움에 익숙
해졌다. 전망은 분명 좋았지만, 실제로는 인간의 모습이
인간으로 보이는 10층 정도가 수목의 흔들림도 느껴지고
새가 지저귀는 소리도 들려서 가슴이 뭉클해지는 게 많
다. 그건 결혼 전에 다른 아파트 8층에 살았던 이부키의
생각이었는데 에미도 똑같이 공감하고 있었다.

"어? 응, 어서 와."

· 이부키 ·

"무슨 일이야?"

"아냐, 병원에서 생체검사 결과를 듣고 왔는데……."

장바구니를 주방 카운터에 내려놓고 에미는 뭔가 불길한 예감이 들어 남편을 돌아보았다.

"뭐랄까, 결과적으로는 다행이었으니까 너무 놀라지 말고 들어줬으면 하는데…… 실은 암이었대."

"……."

"근데 정말로 초기 중의 초기여서 암세포가 대장 점막에만 있고, 근육층까지 번지지 않아서 지난번에 절제한 걸로 치료는 끝났대. 방사선치료니 뭐니 아무것도 안 해도 된다더라고."

"그럼 암의 단계로 말하면 어디쯤인 거야? 1기?"

"아니, 0이래. 0기."

"그런 것도 있어?"

"응, 있는 모양이야. 일단 암보험에도 해당된다고 하길래 집에 와서 검색해보니까 '상피내 신생물'이라는 걸로 보험 적용이 되더라. 근데 어쨌든 암이기는 했어."

에미는 그의 말을 일단 이해했지만 감정은 미처 따라

가지 못했다. 안도해야 할 일인가. 아니면 뭔가 아주 중요한 것을 아직 이해하지 못한 건가. 어색하게 미소를 보이는 남편에게 에미는 물었다.

"지금 나, 좀 놀라서…… 이걸 어떻게 받아들여야 하지?"

"나도 똑같은 얘기를 의사에게 물어봤어. 그랬더니 '어떻게 받아들이느냐, 그건 건강 의식이 높은 분이 적절한 타이밍에 검진을 받은 덕분에 암을 조기에 발견해 큰일을 피할 수 있었다고 생각하면 좋지 않겠습니까'라고 하셨어."

"그렇구나. 응, 여보, 정말 다행이다."

에미는 그제야 안도하며 크게 숨을 토해냈다.

"그래, 다행이야, 정말로."

"무섭다, 근데."

"무섭지. 왜냐면 정말로 우연히 검사를 받았던 거니까. 학원에 유마를 데리러갔을 때, 처음 들어간 빙수 가게가 만석이라서 맥도날드로 갔거든. 그러지 않았으면 대장내시경 검사 얘기도 못 들었을 거야. 아니, 그보다 애초에 그날은 깜빡하고 한 시간이나 일찍 갔어. 근데 그렇게 깜빡한 덕분에 암을 발견한 셈이야."

"정말 운이 좋았다."

"운이라고 할까……, 이거, 운인가?"

"운이지. 진짜 행운이었어."

"그렇긴 한데……. 그날 옆자리의 대장내시경 검사 얘기를 못 들었다면 분명 앞으로 몇 년은 그런 검사는 전혀 받을 생각도 못했을 거야. 그랬으면 분명 시기를 놓쳤겠지. 빙수 가게가 만석이었느냐 아니냐에 따라 죽느냐 사느냐가 정해지는 인생이라니, 대체 뭐지? 원래 그런 건가? 인간의 일생이란 게 그런 우연의 축적이야?"

이부키는 억지웃음을 짓고 연신 손을 흔들어가며 말했다. 저녁 해는 이미 거의 떨어졌고 평소보다 기묘하게 환한 거실 조명 아래 그는 더욱더 홀로 무방비하고 적나라하게 드러났다. 에미는 주방 카운터 앞에서 건너편 소파에 앉은 그를 내려다보며 둘 사이의 거리가 점점 힘겨워졌다. 그에게 다가가 안아줘야 할 듯한 마음이 들었지만, 평균적인 일본 중년부부답게 그들 사이에 그런 애정 표현의 습관은 없었다.

아마도 암 선고의 충격과 이미 치료가 됐다는 안도감을 한꺼번에 경험한 탓에 이부키는 정체 모를 흥분에 휩싸인 것이다.

"여보, 이건 단순한 우연은 아니지. 지금 우리 사는 것도 딱히 우연 때문이 아니라 여태껏 열심히 일해서 손에 넣은 거잖아. 다만 인생에는 가끔 우연한 일도 있다는 거 아닐까?"

"아무리 그래도 이번 일은 우연의 비중이 너무 커. 그날 빙수 가게에 단 한 자리만 비어 있었어도 나는 죽었을지 몰라."

"얘기가 또 그쪽으로 돌아가는 거야? 어쨌든 정말 다행이잖아. 당신이 지금 어떻게 되기라도 하면 나, 진짜 난감해. 오늘은 건배해야겠다. ……아, 아직 술은 안 되나?"

에미는 거기서 얼른 고개를 돌리고 장바구니의 반찬을 꺼내기 시작했다.

이부키는 아직도 뭔가 할 말이 있는 눈치였지만, 흠칫 놀란 듯 시계를 보더니 소파에서 벌떡 일어섰다.

"아차, 유마 데리러갈 시간이네."

그가 나간 뒤, 에미는 한참동안 아직 그의 흔적이 남은 텅 빈 소파를 멍하니 바라보았다. 그날 빙수 가게가 만석이 아니었다면, 이라는 그의 말을 반추하면서.

*

2주일의 식사 제한을 끝내고 이부키는 원래의 식생활로 돌아왔지만, 날마다 가족을 위해 해주는 아침 달걀프라이에 햄이며 베이컨을 넣던 걸 중단하고 그 대신 콩 대체육 소시지를 구워주곤 했다. 유마가 싫다고 할까봐 걱정했는데 의외로 그 네덜란드제 대체육을 마음에 들어해서 원래대로 바꿔달라는 말은 나오지 않았다.

평소 식사 때도 소고기를 먹는 횟수가 줄어들고 햄버거에도 더 이상 식욕이 동하지 않았지만 그래도 조금씩 다시 와인도 마시고 전체적으로 식생활은 별반 달라지지 않았다.

에미도 그 뒤에 곧바로 검사를 받았는데 용종은 한 개

도 발견되지 않았다. 하지만 그보다 요즘 체중 증가에 부쩍 신경을 썼기 때문에 전날의 검사식과 당일의 반나절 금식으로 몸무게가 1킬로그램이나 줄어들었다면서 기뻐했다.

"단식도 할 겸 해마다 검사받는 것도 괜찮겠네."

이부키는 웃으며 말했다.

"응, 그게 좋겠다. 이제 우리 나이도 있으니까."

식사뿐만 아니라 이부키의 생활은 겉에서 보기에는 완전히 원래대로 돌아간 것 같았다. 감량을 해서 몸 상태도 좋았다. 하지만 그의 머릿속에는 그날 만일 빙수 가게에 빈자리가 있었다면, 이라는 가상假想이 지워지는 일 없이 오히려 날이 갈수록 점점 더 커져갔다.

그는 한동안 그 일을 '운명'이라든가 '우연'이라든가 하는 추상적인 말로 생각해보려 했지만, 자신이 느꼈던 충격의 표면에서 그 말들은 그저 겉돌기만 할 뿐이었다.

6월 말, 어느 날의 일이었다. 벌써 사흘째 장마다운 비가 추적추적 이어져 도쿄 전체가 어슴푸레한 온실처럼 습하고 후덥지근했다.

이부키는 회사 일을 마치자 헬스클럽에 들러 항상 하던 대로 태블릿으로 해외 드라마를 보며 러닝머신에서 50분 동안 500킬로칼로리를 소비했다.

샤워를 하고 땀이 걷힐 때까지 물을 마시며 잠시 의자에 앉아 있었다. 대장내시경 검사 후의 식사 제한으로 몸무게가 줄어든 것을 그도 기뻐했는데 막상 운동을 해보니 지방보다 근육이 더 빠졌다는 게 실감이 났다.

이부키는 라커룸을 반 벌거숭이로 어슬렁거리는 사람들을 무심코 바라보았다.

롯폰기의 부유층 대상 헬스클럽이라서 나이 지긋한 회원이 많았다. 주름지고 반백에 피부도 늘어졌지만 포식의 그 몸매로 사치스러운 생활을 하면서 어쨌든 저 사람들은 그 나이까지 살아냈다. 용케도 아무 일 없이 저만큼 나이를 먹었구나, 하고 이부키는 감탄했다. 만일 그날 빙수 가게가 만석이 아니었다면 자신에게는 저 사람들 같은 미래는 없었을 것이다…….

그리고 다시 물을 마셨고, 이제 머리 말리고 슬슬 집에 가야겠다고 자리를 털고 일어서려고 했다.

　그 순간, 그는 갑자기 어리병병한 기색으로 주위를 둘러보았다.

　대체 어떻게 된 거지? ……그의 뇌리에 그날 빙수 가게에 자리가 났고, 그래서 혼자 팥빙수를 먹는 자신의 모습이 선명하게 떠올랐던 것이다. 이따금 약간 멀리에서 부감하고, 딱하다는 듯이 바라보고, 또한 동시에 빙수를 한 입씩 맛보며 떠먹는, 그야말로 이부키 자신이었다.

　그건 생각난 것이었다. 지금까지 수없이 주물럭거렸던 공상의 기억으로서가 아니라 실제로 그날 일어났던 일로서…….

　이부키는 자신이 그날 먹은 팥빙수의 맛과 향을 기억하는 것에 소스라치게 놀랐다. 그리고 바로 방금 전까지 뭔가 근본적인 착각을 하고 있었던 게 아닌가 하고 불안해졌다.

　그는 그날 분명 그 가게에서 팥빙수를 먹었다.

　전혀 의문의 여지가 없는 일처럼 모든 게 또렷하게 기억이 났다.

• 이부키 •

그 팥빙수는 일반적인 원추형과는 다르게 두툼한 유리 용기 안에 둥그스름하게 조형한 공 모양으로 쌓여 있었다. 짙은 녹색 말차 꿀이 골고루 스며든 얼음은 창문으로 비쳐든 햇살에 그 겉면의 입자가 섬세하게 반짝였다.

그토록 아름다운 팥빙수는 처음이어서 점원이 내왔을 때 저도 모르게 작은 탄성이 새어나왔다. 다만 그 세련된 모양과 맞바꿔 팥앙금이며 둥근 찹쌀떡 같은 고명이 없는 것에는 약간 미진한 느낌이 들었다. 그냥 이것뿐이야? 혹시 고명을 따로 내주는가 하고 잠시 기다렸지만 그렇지도 않은 것 같았다.

스푼으로 살살 구멍을 파듯이 떠서 첫 한 입을 먹었다. 달콤함 그 자체에 대한 아이러니처럼 깊은 쌉쌀함이 있었다. 두 입, 세 입, 연달아 먹었고 혀를 천천히 입천장에 문지르듯이 맛보았다. 다도에는 문외한이지만 상당히 좋은 말차를 썼다는 게 느껴졌다. 이런 팥빙수를 어린애에게 주문해주는 일은 없겠지만, 그렇다고 쳐도 완전히 어른용이어서 단맛의 표현이 지나치게 우회적이라는 생각도 들었다. 그래봤자 팥빙수인데 이건 너무 도가 지나친 집착과 자부심 아닌가. ……그런데 좀 더 먹다보니 스푼이 내부의 묵직한 감촉에 닿았고 파보니 그곳에 팥앙금뿐만 아니라 둥근 떡까지 감춰져 있었다.

이부키는 아하, 하고 그 즉시 마음이 변해 크게 감탄했다. 보통은 팥앙금이며 찹쌀떡이 빙수 위에 장식처럼 얹혀서 스푼으로 그 떡을 뜨거나 팥앙금을 조금 떼어 먹으려고 하면 얼음가루가 그릇 밖으로 무너져 내린다. 하지만 그걸 깊숙이 아래쪽에 넣어준 덕분에 그날 이부키는 전혀 테이블을 더럽히지 않았다. 나아가 우선 말차 자체의 맛을 충분히 감상한 뒤에 팥앙금이며 떡을 먹게 한다는, 요리사의 시간 축에 따른 의도를 그제야 이해했다.

연달아 떠먹다가 두 번이나 얼굴이 찡그려질 만큼 머리가 띵했지만 뜨거운 호지차로 고비를 넘겼다. 마지막에는 얼음이 녹아 팥앙금에 섞여서 스푼을 유리 용기 곡면에 바짝 대고 미끄러뜨리듯이 떠내서 후룩 먹었다.

종이냅킨으로 입가를 닦자 말차의 연녹색 흔적이 묻어났다. 혀도 분명 초록색일 거라고 상상하며 이따가 유마에게 메롱을 해서 웃겨주자고 생각했다.

• 이부키 •

그나저나 가장 인기 있는 집이라는 것에 저절로 고개가 끄덕여지는 팥빙수였다.

가게 안은 만석이고 대부분이 여성 손님이어서 저마다 사진을 찍거나 스푼을 입에 옮겨가며 눈을 반짝이고 있었다. 역시 빙수의 깊은 아래쪽에서 팥앙금과 떡을 발견하고 서로 얼굴을 마주보며 놀라는 기색이었다.

우연히 자리가 비어서 다행이었다고 이부키는 만복의 여운에 젖으며 생각했다. 아들을 데리러 오는 시간을 착각한 덕분에 오늘은 운이 좋았다…….

그렇다, 분명 그는 그날 팥빙수를 먹었다. 그러지 않고서야 그런 둥그스름한 모양의 팥빙수를 알고 있을 리가 없다. 그건 언젠가 다른 날에 먹은 빙수와 착각하려야 할 수 없을 만큼 개성적이었고, 그 자신이 결코 상상해낼 수 없는 뜻밖의 음식이었다.

이부키는 천천히 휴대폰을 집어 들고 그 빙수 가게 사이트를 검색했다. 그리고 사진으로 빙수의 모양이 둥그스름한 것을 보고 눈을 부릅떴다. 그야말로 그의 기억이 먹었다고 확증한 바로 그 팥빙수였다.

　그리고 자신은 아직 대장내시경 검사를 받지 않았
다……. 그렇게 깨닫자마자 양팔에 오소소 소름이 돋는
것을 목도했다. 그날 그 가게에서 빙수를 먹은 탓에 나는
그 몇 미터 앞의 맥도날드에서 두 명의 중년 여성이 주고
받은 대장내시경 검사 얘기를 듣지 못했다. 애초에 그런
대화가 오고간 것 자체를 알지 못했다…….

　이부키는 혼란스러웠다. 아무리 아니라고 의심하며 되
짚어봐도 팥빙수를 배부르게 먹은 기억 쪽이 맥도날드에
서 아이스커피를 마시며 옆자리 대화를 들은 기억보다
더 상세하고 구체적이고 생생했다. 거기에는 실체가 있
었다. 팥빙수를 먹은 뒤에 마신 호지차로도 다 씻어낼 수
없었던, 입 안에 끈끈하게 남은 그 달콤함은 지금도 금세
침이 고이게 한다. 하지만 맥도날드 아이스커피의 풍미
라는 건 그야말로 작위적이다. 애당초 나는 맥도날드 같
은 데는 가지도 않는 사람 아닌가…….

　즉 완전히 반대였다. 어디서 어떻게 착각이 일어났는
지 모르지만, 빙수 가게에 갔던 자신이 진짜 기억이고 맥

도날드에 갔던 자신은 그때 만일 빙수 가게에 가지 않았더라면, 이라면서 상상해본 자신에 지나지 않는 것이다.

그렇게 생각하자 무시무시한 불안이 덮쳐들었다. 아니지, 이런 모순투성이의 생각을 하다니 내가 정신이 나간 모양이네, 하고 애써 지워버렸다. 만일 그런 거라면 지금의 나는 대체 뭐란 말인가.

드라이어로 머리를 말리면서 단지 피곤한 탓일 거라고 마음을 추슬렀다. 그건 틀림없었다. 기억은 아무래도 팥빙수를 먹은 자신이 현실이라고 주장하고 있다. 하지만 그렇게 말한다면 대장내시경 검사를 받은 기억도 똑같은 만큼 확실한 것이다. 검사의 중간 과정은 전혀 기억나지 않지만.

그는 거울 너머로 자신의 복부를 물끄러미 바라보았다. 저곳에 아직 암 덩어리가 절제되지 않은 채 들어있다고? 그리고 결국 자조적인 기분으로 고개를 가로젓고 귀찮은 일거리는 일단 옆으로 밀쳐두듯이 로커로 돌아가 귀가 준비를 서둘렀다.

**

　한참동안 에미도 남편의 혼란스러운 흥분에 동조하고 있었다.

　만일 시기를 놓쳐버렸다면, 이라는 상상은 몹시 끔찍해서 그가 어딘가 들뜬 기색인 것도 당연히 그럴 만했다. 그녀 자신도 얼마 뒤에 검사를 받고 그 긴장감과 안도감을 추체험했다.

　동요가 가라앉자 그다음에 이부키를 찾아온 것은 일종의 행복감이었다.

　아침부터 밤까지 그는 자신이 살아있는 일상 하나하나에 감동하고 온갖 사소한 일에 민감하게 반응하며 가슴 뭉클해했다.

　장마가 한창이던 어느 휴일 새벽, 그는 거실 창가에 앉아 아침 햇살이 한없이 거리에 흘러넘치는 모습을 황홀한 눈빛으로 지켜보고 있었다.

　만원 지하철에 흔들리며 출근하는 게 '즐겁다'고 말했고, 그걸 견뎌낼 수 있는 자신의 건강함에 감사했다.

• 이부키 •

유마에게 공부를 가르쳐줄 때도 답답해하는 일 없이, 진지한 얼굴로 말하곤 했다.

"아들과 같이 공부하는 거, 아마 중학교 입시 때까지가 마지막이야. 아무래도 대학 입시 때는 자기 스스로 할 테니까. 그런 걸 생각하면 지금 이때뿐인 소중한 부자간의 경험이야."

목욕 시간이 너무 길어지길래 걱정스러워서 들여다보니 손으로 떠올린 물이 다섯 손가락 틈새로 흘러 떨어지는 모습을 심각한 표정으로 응시하고 있었다. 그걸 한 번이 아니라 수없이 거듭하다가 아내가 지켜보는 것을 알고는 겸연쩍은 듯 쓴웃음을 지었다.

그중에서도 에미를 흠칫 놀라게 한 것은 어느 날 저녁, 이제 슬슬 잠자리에 들까 하고 주방에서 물을 마시고 있던 그녀의 어깨에 이부키가 손을 얹은 것이었다.

처음에는 무슨 일인지 몰라 반사적으로 흠칫 물러섰지만 분위기로 짐작되는 게 있어서 역시나 쓴웃음을 금할 수 없었다.

"아니, 왜?"

"왜냐니, 부부니까."

"지금 이대로도 부부야."

"그렇긴 한데…… 역시 잘못했어, 우리, 벌써 몇 년이나. 부부인데."

"당신……, 괜찮아? 아, 미안, 난 지금 좀, 그럴 기분이 아니야."

"왜?"

"왜냐니, 이제 새삼스럽게……."

"우리, 아직 사십 대 초반이야."

"'아직'이라기보다 '이미' 아닌가? 아무튼 오늘은 힘들어. ……아니, 잠깐만."

이부키의 유혹은 강제적이 아니었고 그건 이전과 다름없었다. 하지만 이전처럼 포기한다는 게 없었다.

원래부터 에미는 섹스를 그리 좋아하지 않았다. 출산 후에 자연스럽게 섹스리스가 되었고 필연적으로 키스를 하는 일도 없었다. 이부키도 이미 그 점에 대해 별다른 말은 없었다. 불륜 경험도 한 차례밖에 없었고 그것도 딱

한 번이었다. 에미는 이부키의 그런 부분에 관해서는 파고들지 않기로 해왔다. 하지만 역시 내심으로는 불만이었나, 하고 마음이 무거웠다.

에미는 전혀 내키지 않았지만 계속 거절하기도 힘들어 주말에 그의 요구에 응했다. 하지만 한 시간 반 동안 세 번을 열심히 시도해봤지만 결국 어중간한 형태로 끝나버렸다.

쓴웃음으로 얼버무리며 너무도 유감스럽다는 기색으로 사과하는 이부키에게 에미는 위로의 말을 건넸다.

"아냐, 이제 나이를 먹었다는 뜻이겠지."

그는 다시 다른 날에 재도전하겠다고 말했지만 에미는 이번이 인생에서 마지막 섹스가 될 거라고 생각했다. 쾌감이 몇 번 찾아오려고 했던 것은 사실이지만, 그것도 잠깐 한순간의 희미한 것이었다. 그보다는 통증 때문에 애초부터 풍전등화였던 흥분이 몇 번 휴식을 갖는 사이에 완전히 사그라들었다.

어슴푸레한 침실에서 협탁 위 조명의 조청 같은 불빛만 두 사람을 비춰냈다.

이부키 곁에서 여름 이불에 감싸인 채 에미는 '최초의 섹스'는 평생 기억에 남는다고들 하던데 '마지막 섹스'는 어떨까 하고 생각했다. 경험이 없던 소녀시절에는 '첫 섹스' 상대를 잘못 고르면 다시는 돌이킬 수 없을 만큼 중요하다고 믿었는데 지금 와서 생각해보니 거의 돌이켜볼 일도 없는, 어느 쪽인가 하면 아무려나 상관없는 그런 기억이었다. 오히려 '마지막 섹스' 상대가 '첫 섹스' 상대보다 단연 소중한 게 아닐까. 그녀는 그게 이부키라는 것을 역시 운명론적으로, 조금 신기한 기분으로 받아들였다. 그리고 그게 행복했다.

이부키는 후련해하지 않을 줄 알았는데, 천장을 보고 누운 그의 온몸이 투명한 맑은 물로 채워진 듯 황홀에 젖어 있었다. 그리고 그게 그대로 흘러나온 것처럼, 목구멍에서 뭔가 묘한 소리가 들린 것 같아 올려다보니 설마, 눈에 눈물이 글썽해져 있었다.

"여보, 괜찮아?"

"아, 응……."

그때부터 베갯머리 대화로 유마의 입시 공부 얘기를

한참 한 뒤에 이부키는 다시 빙수 가게가 만석이었다는 얘기를 꺼냈다. 에미는 그 얘기라면 이제 슬슬 지겨워져서 대부분 흘려들었지만, 조금 전의 눈물이 마음에 걸려 문득 뭔가 이상하다고 느꼈다.

좀 더 일찍 알아차렸어야 했는데, 남편의 기색이 아무래도 심상치 않다.

그녀가 갑작스럽게 덮쳐든 불안감과 함께 떠올린 것은…… 남편의 암이 실은 훨씬 더 심한 상태인 게 아닐까 하는 것이었다.

일단 의심하고 보니 요즘 남편의 모습이 뭔가 이상했던 게 모두 다 설명되는 것 같았다.

그녀는 심장이 갑자기 급하게 뛰어서 방금 전에 뇌리를 스친 '마지막 섹스'라는 말을 되짚어보았다. 그건 이미 좀 더 통절한 의미를 띠어가고 있었다. 이부키 자신이 그걸 확실하게 의식하면서 나를 청했던 게 아닐까.

한 마디 물어보면 될 일이었다. 하지만 에미는 행복한 듯 천장을 응시하는 남편의 옆얼굴을 훔쳐보면서 그날 밤은 어떻게도 입을 열 수 없었다.

*

　이부키는 헬스클럽에서 자신이 빙수 가게에 갔었다는
게 불쑥 생각난 뒤부터 그 기억이 매일매일 그 전후로 연
장되는 것에 당황했다. 과거에 대해서는 지금의 이부키
와 완전히 공유하고 있었다. 다만 그날부터 둘로 갈라진
자신의 모습이 마치 실제로 경험한 것처럼 생생하게 상
상이 되는 것이었다.

　빙수 가게에 자리가 나서 인기 팥빙수를 먹었던 그의
일상에는 얼핏 아무런 변화도 없었다. 다만 맥도날드에
서 옆자리 대화를 우연히 듣는 일은 없었고 따라서 대장
내시경 검사를 받을 계기를 놓쳐버리고 그의 몸속에서는
시시각각 암세포가 증식하고 있었다.

　이부키는 인터넷으로 검색한 대장암의 진행도와 자신
의 눈으로 봤던 그 그로테스크한 용종 영상을 비교해보
면서, 0기의 '상피내 신생물'이 또 하나의 자신의 뱃속에
서 벌써 고유근층까지 침윤하고 조용히 1기암으로 커나
가는 모습을 상상하며 가슴이 답답해졌다.

• 이부키 •

암인 줄도 모르고 태연히 회사에 출근하는 또 하나의 자신의 하루를 머릿속에 떠올렸다.

당사자뿐만 아니라 주위의 어느 누구도 그가 암이라는 걸 알아채지 못한다. 점심식사로 함께 돈가스 덮밥을 먹으러 가고 회사에서는 진한 블랙커피를 마시며 웹사이트 디자인 변경 회의에서 의견을 다툰다. 화장실에 다녀오는 길에 멍하니 창밖을 바라본다. 미처 처리하지 못한 대량의 메일을 마주하고 머리를 부여잡는다. 통근 지하철에서 '스테이크 맛있게 굽는 법' 동영상을 본다. 집에 돌아온 뒤에는 목욕물이 우르르 넘치도록 욕조 가장자리에 발을 얹고 후아, 하고 느긋하게 안도의 한숨을 내쉰다. 거기에 오늘은 학원 수업이 없는 유마가 "나도 아빠랑 목욕할래!" 하고 외치며 벌거숭이로 첨벙 뛰어든다……

그 일거수일투족이 하나하나 애틋해서 견딜 수 없었다. 본인뿐만 아니라 아직 눈치를 채지 못한 가족도 가엾었다. 그리고 기묘한 생각이라고 자각하면서도 어떻게든 저쪽의 자신에게 검사를 받으라고 알려주고 싶었다. 이부키는 이토록 진지하게 자신을 염려하고 그 건강 상태를 배려하고 다정한 마음으로 사랑했던 적은 예전에 한 번도 없었다.

그러한 망상적인 위구심을 어떻게도 지워버리지 못한 것은 그날 헬스클럽에서 일어난 기억의 역전 현상을 원래대로 되돌릴 수 없었기 때문이다. 몇 번을 되짚어 봐도 그에게는 빙수를 먹지 않았던 자신보다 빙수를 먹었던 자신 쪽이 진짜 과거로 생각되었다. 그리고 실제로는 자신이 빙수를 먹지 않은 그다음을 살고 있다는 모순에 머릿속이 혼란스러웠다.

하지만 이윽고 이부키는 자신이 빙수를 먹은 쪽의 자신과 때때로 교체된다는 것을 깨달았다.

이를테면 회사에서 한창 회의 중에 문득 주변을 둘러보며 어리둥절하게 된다. 그는 순간적으로 그날 빙수를 먹었던 자신과 교체된 상태였다. 그건 결코 단순한 상상이 아니라 피부로 느껴지는 실감을 수반한 것이었다.

나는 지금 '저쪽의 자신' 속에 와있다. 아직도 대장에 생긴 암을 알아차리지 못한 채 태연히 살고 있는 나 자신 속에. ……그리하여 맞은편에 앉은 상사가 회의 진행에 귀를 기울이면서 경도의 틱 증상인지 오른쪽 눈 밑을 긁고 손을 내렸다가 마치 긁기를 잊어버린 데가 있는 것처럼 다시 눈 밑을 만지고 그 참에 입가도 닦고 드디어 손을 내렸다가 다시 눈 밑을 긁는 모습을 관찰하고 있다. 아니, 그렇게 관찰하는 자신을 다시 내측에서 관찰하고 있다.

노트북 키보드에서 손을 떼고 손바닥의 도도록한 기복과 주름 하나하나를 바라보았다. 이 몸속에서는 아마도 벌써 1기까지 진행한 암이 아무도 알아채지 못한 것에 신이 나서 내 세상이라는 듯 활개를 치고 기하급수적으로, 본래 있어서는 안 될, 프로그래밍이 잘못된 세포를 증식시키고 있다! ……그런 절망적인 인식의 다음 순간에 그는 다시 원래의, 빙수를 먹지 못했고 그 덕분에 무사히 '상피내 신생물'을 절제할 수 있었던 자신으로 되돌아와 있는 것이었다.

그런 경험을 몇 번이나 거듭하는 사이에 이부키의 내

면에서는 빙수를 먹었던 자신이 살아가는 세계를 점점 하나의 실체로서 받아들이게 되었다.

어떻게 그 세계가 실재한다고 말할 수 있는가, 라는 당연한 의문에 답하는 것은 어떻게 이 세계가 실재한다고 말할 수 있는가라는 철학적 물음에 답하는 것과 마찬가지로 지난하다. 저쪽 세계에서도 이부키는 '나는 생각한다, 고로 나는 존재한다'라고 대답할 수밖에 없었다.

문제는 빙수를 먹었던 자신이 그런 식으로 이쪽에서 간섭당하는 것을 깨닫지 못한다는 점이었다.

어떻게 하면 저쪽의 자신에게 암에 대해 알려줄 수 있을까, 하고 이부키는 진지하게 고민했다. 그것은 잘못된 방향으로 나아가는 자신을 위해서만이 아니라 저쪽 세계에 있는 아내와 유마를 위한 것이기도 했다. 유마를 위해……. 그렇다, 무엇보다 유마를 위한 일이었다!

저쪽의 자신일 때 서둘러 대장내시경 검사를 예약해버리는 것도 생각해보았다. 최소한 메모라도 남겨둘 수 있다면! 자신이 예약한 기억이 없는 건강검진을 수상쩍게 생각할까. 설마 그날 빙수를 미처 먹지 못했던 자신이 보낸 메시지라고는 상상조차 못하리라.

그래도 자신이 맥도날드 옆자리 대화만으로 검사를 받기로 마음먹고 아슬아슬하게 목숨을 건진 것처럼 최소한 휴대폰에 대장내시경 검사 페이지만이라도 열어둘 수 있다면 경위야 어찌되었든 아마 검사를 받을지도 모른다.

문제는 어느 순간에 자신이 '빙수를 먹었던 자신'이 되는지, 전혀 예측할 수 없다는 점이었다. 그건 반드시 돌연하고 아무 계기도 없이 바뀌었다가 퍼뜩 상황을 인식하면 곧바로 원래의 자신으로 되돌아와 있곤 했다.

귀가 도중의 에도가와선 지하철 안에서 손잡이를 잡고 서 있다가 갑자기 빙수를 먹었던 자신이 된 것을 깨달은 적도 있었다. 그는 급하게 손잡이에서 왼손을 떼고 호주머니에서 휴대폰을 꺼내 '대장내시경 검사'라고 입력하려고 했다. 하지만 바로 그 타이밍에 차체가 크게 흔들렸고 가방을 든 오른손으로 미처 손잡이를 잡지 못해 옆에 있던 여성에게 부딪쳐버렸다. 미안합니다, 라고 사과하고 가까스로 자세를 바로잡았을 때는 이미 원래의 자신으로 돌아온 뒤였다…….

셋이서 늦은 저녁식사를 하고, 유마와 목욕을 한 뒤 잠
자리에 들기 전에 모의고사 사회 문제의 오답노트를 봐
주었다.

"이 문제는 그냥 인구 순위 10위까지 도도부현都道府県
을 죄다 외워버리는 게 좋아."

"이걸 어떻게 다 외워?"

"말놀이를 만들면 돼. 도쿄東京, 가나가와神奈川, 오사카
大阪, 아이치愛知, 사이타마埼玉, 치바千葉, 효고兵庫, 홋카이
도北海道, 후쿠오카福岡, 시즈오카静岡, 이렇게 열 개잖아?
좋아, 이건 머리글자를 따서 '도신다이等身大 아이사이 센
베이愛妻煎餅, 키타来た! 후쿠세이複製!'라고 하면 어때?"

"뭐가 뭔지 더 모르겠는데?"

"잘 들어봐, 도쿄의 '도東', 가나가와의 '신神', 오사카의
'다이大'라는 식으로 머리글자를 따서 '도신다이等身大(등
신대)'를 만들었어. 너, '아이사이愛妻 도시락'이라는 말 알
지? 엇, 모른다고? '사랑하는 아내가 싸준 도시락'이라는

뜻이잖아. 그걸 살짝 바꿔서, 아이치의 '아이愛'에다가 사이타마의 '사이埼'를 발음이 같은 '사이妻'로 바꾸면 '아이사이愛妻'야. 그리고 치바의 '센千', 효고의 '베이兵'는 발음이 같은 '센베이煎餅'로 하고, 그걸 합치면 '아이사이 센베이愛妻煎餅', 즉 '사랑하는 아내가 만들어준 센베이'가 돼. 이런 건 그림으로 그려보면 더 쉬워. '사랑하는 아내가 만들어준 센베이'가 멀리서 달려오는 장면이야. 그리고 홋카이도의 첫 글자 '북北'은 훈독으로 '기타'니까 발음이 똑같은 '기타来た!'라고 하면 '아내의 센베이가 왔다!'가 되겠지? 그다음은 후쿠오카와 시즈오카의 첫 글자 '후쿠福'와 '시즈静'를 살짝 바꿔서 '후쿠세이複製'로 하면 '복제!'라는 게 되지."

"그건 무슨 뜻인데?"

"뭐, 말 그대로야. 좀 초현실적이지만, 이런 건 되도록 어이없는 이미지가 좋거든. 사람 크기 만한, 사랑하는 아내가 만들어준 센베이가, 왔다! 복제하자! 하고 신이 난 이미지야. '도신다이, 아이사이 센베이, 기타! 후쿠사이!' 하고 실제로 소리 내서 말해봐."

"······도신다이, 아이사이 센베이, 기타! 후쿠세이!"

"거봐, 이제 다 외워졌지?"

"아빠도 이렇게 외웠어?"

"아냐, 방금 만들었어. 근데 입시 공부라는 건 대부분 이런 식이야. 이렇게 말놀이로 외운 건 나이 들어서도 잊어먹지 않더라고. 연호도 그렇잖아."

유마가 잠들고 이부키가 자신의 방에서 인터넷 동영상을 보는 참에 에미가 들어왔다.

"잠깐 괜찮아?"

입술을 잘근잘근 깨무는 것은 그녀가 심각한 일을 상의할 때의 버릇이다.

"무슨 일이야?"

"아니, 당신 좀 마른 거 같아서."

"맞아, 몸무게가 줄었더라고. 눈에 띄었어?"

"왜 그런 건데?"

"왜 그러냐니, 그 뒤로 음식을 조절했지. 아침에 베이컨도 안 먹고."

• 이부키 •

"혹시나 해서 물어보는 건데…… 검사 결과, 실은 더 나빴던 거 아니야?"

"뭐? 왜?"

이부키는 놀라서 되물었다.

"글쎄, 요즘 당신이 좀 이상해서, 혹시나 하고."

"오해야. 정말로 0기였어."

"……정말이지?"

"정말이라니까."

에미는 선뜻 수긍하지 못하는 기색이었다.

이부키는 '오해'라고 말했지만, 빙수를 먹었던 자신이 이 순간에도 건강이 악화되고 있는 것을 생각하면 적극적으로 잘라 말할 수는 없었다. 그녀는 구체적으로는 확실치 않아도 남편이 뭔가 고민한다고 눈치챈 것이다. 그것에 이부키는 가슴이 뭉클해졌다. 그는 고독했다. 아내에게 의지하고 싶은 마음이 불쑥 솟구쳤다.

팔걸이의자를 돌려 그녀와 정면으로 마주했다. 에미도 아직 할 얘기가 더 있을 거라는 듯이 그를 내려다보았다.

"아니, 실은……. 그때 빙수 가게에 자리가 나는 바람에 대장내시경 검사를 받지 못한 내가 있는 거야. 지금도 그쪽 세계에서 아무것도 모른 채 살고 있어."

"응? 무슨 말이야?"

에미는 의아한 듯 물었다.

"나도 잘은 모르겠는데, 그때부터 세계가 두 개로 갈라져서 나는 지금 그쪽의 나와 이쪽의 나를 때때로 오락가락하고 있어. 저쪽에 가있는 건 매번 기껏해야 몇 초 동안뿐이지만."

"……지금 무슨 말을 하는지 알고 있어? 당신, 괜찮은 거야?"

"아니, 당연히 믿기 어렵겠지만……. 나도 어떻게 설명해야 좋을지 모르겠네. 그러니까 그게, 빙수를 먹었던 나는 아직 자신의 암을 알아차리지 못했어. 그래서 내가 그걸 알려주고 싶은 거야. 그쪽의 나를 위해서만이 아니라 저쪽에도 에미와 유마가 있으니까."

이부키는 정신이 이상해졌다는 오해를 받지 않기 위해 억지로 웃어보였지만 에미에게는 그게 한층 더 으스스하게 느껴진 모양이었다.

• 이부키 •

"지금 농담하는 거 아니지?"

"물론이지. 내 인생이 이쪽과 저쪽, 둘로 갈라진 것 같다니까."

"그런 식으로 상상했다는 거야?"

"나도 처음에는 그냥 상상인 줄 알았어. 근데 실제로 내가 저쪽 세계에 가있어서 갈라진 또 하나의 세계가 존재한다는 걸 알았어, 그냥 상상이 아니라……."

에미의 눈은 이미 대화를 하는 게 아니라 불안해하며 관찰하는 사람의 눈빛으로 바뀌었다. 잠시 고개를 숙이고 머릿속에서 적당한 말을 고르고 있는 눈치였다. 가볍게 쥔 주먹의 엄지손가락에 이따금 힘이 주어졌다가 풀어졌다.

"여보, 나는 잘 모르겠으니까 상담 받으러 가볼까?"

"상담?"

"카운슬링이라든가……."

"나는 병이 아니야."

"병이라고는 안 했어."

"그럼 무슨 말이야?"

"이래저래 지금 우리한테 일어난 일들을 정리할 필요가 있을 거 같아. 가보자, 나도 같이 갈 테니까."

"아니, 이걸 뭐라고 해야 하나……. 물론 믿을 수 없다는 건 나도 이해해."

이부키는 애초에 아내가 이해해줄 필요가 있는 얘기였을까, 하고 섣불리 입밖에 낸 것을 후회했다. 하지만 에미는 그 순간 느닷없이 자제력을 잃고 가슴속에 쌓인 말의 내압을 더 이상 견디지 못하겠다는 듯 험한 표정으로 말했다.

"어지간히 좀 해! 어떻게 세계가 둘로 갈라졌다느니, 그런 SF 같은 소리를 해? 나는 진짜 걱정하고 있는데? 그날 빙수 가게에 갔느냐 아니냐, 꼭 그것만 인생의 분기점分岐點은 아니잖아? 그거 말고도 얼마든지 있을 거야. 오늘 우연히 지하철이 연착해서 유마를 데리러가지 못한 세계라든가, 내가 우연히 피곤해서 일찍 잤기 때문에 이런 얘기는 안 했던 세계라든가, 이렇게 얘기하는 사이에 수도권에 직하형 지진이 일어난 세계라든가……. 그게 전부 다 실제로 존재해? 그렇지 않잖아? 모두 인간의 머릿속에서 만들어진 가상의 세계야. 실체 따위는 없어. 이부키 한 사람의 인생만으로도 우연의 가능성을 생각하기 시작하면 무한히 많은데 그걸 전 세계 사람 모두에게 똑같이 적용할 수 있어? 한 명 한 명이 모두 무한한 우연의 가능성을 살고 있고, 그 각각의 조합을 전부 생각하기 시작하면 대체 몇 개의 평행 세계가 필요할까? 유마에게 산수 조합 문제, 가르쳐줬지? 당신, 정신 차려. 나는 진심으로 걱정하고 있단 말이야."

에미는 눈시울을 붉히며, 계속 쥐려고 하면서도 쥐지 못한 손을 파르르 떨었다.

이부키는 아내가 이렇게까지 감정적인 것은 지금까지 결혼생활에서 한 번도 경험한 적이 없었다. 자신을 걱정해주고 상의에도 응해줄 거라고 기대했던 만큼 그 뜻밖의 반응에 더욱더 동요했다. 하지만 그의 마음은 그런 그녀의 떨림에 공진해 똑같이 파르르 떨고 말았다. 자신이 환자 취급을 받는 것에도 크게 반발했다.

"그렇게 생각하는 건 이상하지. 도로만 해도 이론적으로는 어디에나 분기점이 있을 수 있고 그 갈라지는 각도도 360도 어떤 길이든 가능하지만, 실제로는 한정된 곳에서 하나의 각도로만 갈라져. 그것과 똑같아."

"도로는 사람이 만드는 거잖아. 애초에 마을이 있고, 그 안에 만들어져. 근데 당신 인생은? 그 분기해서 갈라진 세계라는 거, 어디에 있어? 이차원에? 날마다 온갖 일들이 일어나는데 누가 이건 분기점이 되지만 이건 분기점이 안 된다고 판단하고 결정해? SF소설이라면 작가겠지? 하지만 당신 인생에 작가는 없잖아."

이부키는 에미의 그 주장에 순간적으로 반론이 떠오르지 않았다. 하지만 직감적으로는 그 이론이 지나치게 관념적이라고 생각되었다. 도로를 예로 든 것은 별로 좋지 않았지만, 강이라면 어떨까. 역시 갈라져야 할 곳에서 자연스럽게 갈라지지 않을까. 그렇게 입 밖에 내려고 했지만, 에미는 이제 반론은 듣고 싶지 않다는 듯 그를 제지하며 말을 이어갔다.

"대장암도 단계가 있어. 어느 단계에서 검사를 통해 발견되었느냐에 따라 다를 거라고. 1기 때, 2기 때, 3기 때, 4기 때의 당신을 전부 다 보고 왔어? 그 각각의 세계가 대체 몇 개씩이나 되는 거야?"

거기서 에미는 자신이 하는 얘기가 너무도 엉뚱한 것에 더 이상 견딜 수 없다는 듯 뺨을 붉히며 말했다.

"잘 들어, 대지진도 일어났느냐 아니냐는 문제가 아니야. 그날 그때 일어났느냐 아니냐가 문제라고! 지진이 하루만 늦게, 혹은 하루만 일찍 일어났어도 죽지 않았을 사람이 있고 죽어버렸을 사람도 있어. 아니, 한 시간만 달랐어도! 우리 아버지도 그렇잖아, 지진이 한 시간만 늦게 일어났다면 높은 곳까지 도망칠 수 있었어! 그 지진이 언제 일어났느냐에 따라 1초당 한 번씩 수많은 평행 세계가 있을 텐데 그 전부에 아버지가 있어서 살기도 하고 죽기도 해? 제발 적당히 좀 해! 여보, 그렇잖아, 알아들었어? 세계는 하나밖에 없어. 여기 이곳이야, 이곳! 이 현실 속에서 당신은 행운을 잡았어! 그럼 다 행복하고, 그걸로 됐잖아!"

에미는 '이곳'이라는 말을 특히 강한 몸짓으로 토로하고 반지 낀 왼쪽 손가락 등으로 눈가를 훔쳤다. 그리고 오열을 참으며 이부키를 보고 있었다. 눈물이 주르륵 흘렸다.

이부키는 아내의 갑작스런 분노의 정체를 드디어 이해하고 할 말을 잃었다. 그녀의 아버지는 지난번 대지진 때 게센누마에서 쓰나미에 휩쓸려 돌아가셨던 것이다. 그건 이부키가 가장 주의 깊게 다뤄온 그녀의 슬픔이었다.

에미는 그대로 몸을 돌려 이부키의 방을 뛰쳐나갔다.

이부키는 그 뒤를 따라가려고 했다. 하지만 그 순간 자신이 다시금 빙수를 먹었던 자신이 된 것을 깨닫고 당황했다. 시간이 단숨에 흘러서 자각증상을 느끼고 대장내시경 검사를 받은 뒤로 가있었다.

그리고 아내에게 4기까지 진행된 암이 이미 간과 폐로 전이되었다는 것을 알려준 날 저녁이었다.

그는 죽음의 공포에 휩싸여 있었다. 그날, 빙수 가게에 단 한 개의 빈자리가 나는 바람에 맥도날드에서 옆자리 얘기를 듣지 못했던 불행한 자신…….

평소와는 달리 자각한 뒤에도 좀체 원래의 자신으로 돌아오지 못했다. 그는 두려워졌다. 이대로 계속해서 빙수를 먹었던 나로 살게 된다면! 공황이 몰려와 자리에서

• 이부키 •

일어서려다 마음을 바꿨다. 몸을 움직이면 원래 세계와의 연결이 끊겨버릴지 모른다는 마음이 들었다. 그저 멍하니 앉은 채 부르르 떨릴 만큼 간절하게 다시 돌아가게 해달라고 기도했다.

**

그날 심야의 말다툼 이후, 이부키는 말수가 부쩍 줄었다. 유마가 여름방학 하기 강좌로 집에 없는 주말이면 혼자서 베란다에 의자를 내놓고 꽃도 피지 않은 화분의 초록빛을 바라보고 있었다.

부부 사이에 구체적인 화해가 있었던 건 아니고 그냥 볼일이 있을 때마다 몇 마디씩 나누며 애매하게 평소의 대화로 돌아왔지만 서로에게 웃어주는 일은 거의 없었다.

"아빠하고 엄마, 싸웠어?"

유마가 걱정이 되었는지 슬쩍 다가와 묻기도 했다.

아무 여행 계획도 없는 여름방학은 처음이었지만, 유마도 나름대로 참고 있는지 그것 때문에 불평을 하는 일은 없었다. 6학년이 되는 내년 여름에는 여행이 어려울 거라면서 여름방학 전에 어딘가 가고 싶다고 했었는데……

에미는 남편의 정신상태가 걱정이 되어 논리적으로 설득하려고 했고 그 끝에 목소리가 거칠어져버린 자신의 태도를 후회했다. 그 일 때문에 이부키가 고민조차 털어놓지 않게 될까봐 특히 두려웠다.

전형적인 증상이라고는 할 수 없었지만 그녀는 막연히 중년 우울증의 징조일지도 모른다고 생각했다. 하지만 인터넷으로 '미들에이지 크라이시스'를 검색해보니 그와 관련해 '망상장애' 같은 좀 더 난해한 병명도 올라와 있어서 더욱더 불안감이 커졌다.

항상 믿고 의지하는 연상의 친구에게 털어놓고 상의해보기도 했지만, 그러던 중에 나잇값도 못하고 주말의 런치 레스토랑에서 눈물을 보이고 말았다. 그녀는 남편도 그렇고 에미 자신도 한 차례 카운슬링을 받아보는 게 좋겠다는 조언을 해주었다. 맞는 말이었다. 끙끙거리며 고민하는 내용이 너무도 황당무계해서 자신이야말로 남편이 기묘한 망상에 사로잡혔다는 망상에 빠져 있는 게 아닌가 하는 마음까지 들었다.

9월로 접어들면서 신학기가 시작되고 드디어 유마도 학교생활의 재개에 익숙해져갈 무렵, 이부키는 아직 남은 늦더위로 잠들기 힘든 새벽녘에 꿈을 꾸었다고 했다.

"내가 드디어 알았어. 당신 말을 들은 뒤로 내내 생각해봤거든. 분명 내가 하는 말, 이상한 점이 있었던 거 같아."

"······응."

"근데 오늘 새벽에 꿈을 꿨어. 꿈이라고 할까, 꿈은 아닌데 처음으로 꿈을 통해 저쪽의 내가 됐어."

이부키는 저녁을 차리는 에미에게 당장이라도 무너져버릴 듯한 웃음을 지으며 씁쓸하게 말을 짜냈다.

"나는 이미 말기 암으로 손쓸 도리가 없어. 여명이 3개월이고, 호스피스 병동으로 옮겨졌어."

에미는 또 그 얘기냐는 피곤한 표정을 가까스로 꾹 참고 말없이 고개를 끄덕였다. 남편은 신경성 병이 난 거라고 자신을 다독였다. 한동안 그 화제는 둘 다 꺼내지 않도록 해왔기 때문에 조금쯤은 증상이 개선된 모양이라고 기대했다. 하지만 아무것도 변하지 않았다는 사실에 그녀는 내심 우울해졌다.

"그쪽의 이부키가…… 그렇다는 얘기지?"

"아니, 나 자신이 그랬어."

"……?"

"인생에는 에미가 말한 대로 다양한 분기점이 있고, 다양한 내가 정말 무수히 존재하는 거 같아. 분명 세포분열 같은 느낌이겠지. 이미 내가 셀 수 없을 만큼 증식했고 개중에는 암에 걸린 어긋난 인생도 있고……. 하지만 그건 잘 모르겠어. 내가 아는 건 단지 그날, 빙수 가게에 들어간 탓에 대장내시경 검사를 못 받고 암 발견 시기를 놓쳐버린 나에 대한 것뿐이야. 다른 나에 대해서는 잘 모르겠어. 나도 생각해봤는데 아무튼 그쪽은 모르겠어."

"……응."

"그래서 오늘 새벽 꿈속에서 상당히 오랜 시간, 빙수를 먹었던 내가 되어서 에미와 유마에게 간병을 받으며 고통스러워하던 끝에 드디어 답을 찾았어. 실은 별로 어려운 게 아니었어. 지금 이 나는 여명이 얼마 안 남은 내가 만들어낸 나야. 이랬더라면 좋았을 텐데, 하는 나였어. 보통 젊은 애들이라면 엄청 부유한 나, 여자에게 엄청 인기 있는 나, 다양하게 어떤 나가 되고 싶다는 게 있잖아? 나는 말이지, 그날 정말로 우연히 행운을 거머쥐고 시기를 놓치기 전에 검사를 받아 아슬아슬한 타이밍에 목숨을 건진 나, 그런 내가 죽을 만큼 되고 싶었어. 아, '죽을 만큼'이라는 표현은 아재 개그도 안 되겠지만……. 아무튼 지금 이 나는 그 고통스러워하던 내가 만들어낸 소망이었어."

"……."

"어떤 구조인지는 모르겠어. 하지만 나는 그런 내 소망이 실체화한 존재야. 아마도 가상공간에서."

"영화 〈매트릭스〉나 〈바닐라 스카이〉처럼? 실제로는 절망적인 상황에서 잠이 들어 좋은 꿈을 꾼다는 식으로?"

"응, 그럴지도 모르겠다. 어쨌든 구조는 잘 모르겠어.

하지만 이 세상은 구조를 잘 알지 못하는 것투성이잖아. 스마트폰으로 사용하는 앱 같은 것도 거의 다 그렇잖아? 그래도 다들 쓰고 있어. 이 세계는 매일 같이 현실이 SF에 따라잡히고 있으니까 그 비슷한 SF가 있는 것도 전혀 이상한 일이 아니야. 스마트폰만 해도 20년 전에는 이런 고성능의……."

"아니, 스마트폰 얘기는, 됐어."

에미는 애써 미소를 지으며 가로막고, 최대한 냉정하게 말을 이어갔다.

"미안하지만 나는 이해가 안 돼. 이부키는 그걸로 괜찮을지 모르지만, 그럼 나는 뭐지? 나한테도 의지가 있어. 당신의 망상 세계에 있는 존재가 아니야. 자, 한번 만져볼래? 우리, 섹스도 했잖아. 당신의 소망대로 의지 없는 가상 현실의 내가 상대해준 게 아니라 바로 이 내가 동의했어. 그렇지? 그리고 유마는 또 어떻고? 그 아이도 가상의 존재야?"

"물론 그건 나도 생각해봤지. 하지만 그것도 별로 어려운 얘기가 아니야. 에미도 유마도 만일 내가 검사를 제

때 잘 받아서 무사했었다면 좋겠다는 세계를 분명 공유하고 있는 거야. 그게, 정말 진심으로 그러기를 바랐잖아. 빨리 검사를 받아서 초기 암 단계에서 절제했다면 얼마나 좋았을까, 하고 정말 고통스러울 만큼 간절하게……. 호스피스 병동으로 옮겨진 나는 더 이상 이렇게 선 채로 자유롭게 얘기할 힘이 남아 있지 않아. 생각하는 건 많아도 몸이 따라주지 않는 거야. 점점 더 암 세포에 잠식된 한 줄기 가느다란 소화관에 근접하고 있지. 육체도 의지도 소망도 모두 그 부속물이야. 그렇게 에미도 유마도 이쪽 세계에서 나와의 남은 시간을 보내고 있어. 그건 사실은 이쪽 세계에 있는 동안에는 알아차리지 못할 거야. 왜냐면 꿈이란 그런 거니까. 무슨 일이 일어나든 대개는 이상하다고 생각하지 않잖아? 이건 그러니까, 그런 기술이야, 꿈을 타인과 공유할 수 있는 기술. 하지만 이따금 꿈에서라도 자각해버리는 사람이 있는 거겠지. 이른바 '명석몽明晰夢'이라는 거. 다행인지 불행인지 나는 그걸 알아버렸어. 아니, 아무리 그래도 빙수를 먹었느냐 아니냐로 내 생사가 달라지다니, 그건 이상하잖아. 게다가 아무리 되짚어 봐도 빙수를 먹은 기억이 맥도날드에 갔던 기억보다 훨씬 더 생생해. 그렇다면 역시 맥도날드에 갔던 기억은 나중에야 만들어졌기 때문이겠지. ⋯⋯솔직히 이런 건 알아차리지 못하는 게 훨씬 더 행복할 거야. 하지만 알고 난 뒤로 훨씬 더 이 세계의 시간에 감사하게 됐어. 정말로 한순간 한순간이 소중하고⋯⋯."

몸짓을 섞어가며 필사적으로 설득하려고 하는 남편 앞에서 에미는 꼼짝도 못하고 서있었다. 저녁을 차리려고 돼지고기를 해동하던 전자레인지에서 종료를 알리는 전자음이 몇 초 간격으로 울렸다. 무의식중에 숨을 멈추고 있었지만 저절로 짧고 깊은 탄식이 코끝으로 새어나왔다. 입은 굳게 다문 채였다.

다시 눈물이 났지만 자신이 왜 우는지는 알지 못했다. 슬픈 것도 아니고 괴로운 것도 아니고 단지 어떻게 해야 할지 알 수 없는, 아마도 어린애 같은 눈물이었다.

"여보, 왜 울어? 우리는 단순히 그림자 같은 존재가 아니라 원래 세계에 정확한 실체가 있어. 에미도 그쪽 에미와 연결되어 있다니까."

• 이부키 •

"그럼 이부키는 어떻게 되는데?"

"응?"

"그쪽 세계에서는…….”

"그쪽이 아니고 원래 세계야."

"원래 세계에서는 이미 사경을 헤매는 거잖아. 당신이 죽으면 지금 내 앞에서 얘기하는 이부키는 어떻게 돼?"

이부키의 눈동자는 파르르 떨렸지만 이상하게도 쾌활하게 웃으면서 입을 다물었다. 한순간, 앞뒤가 맞지 않아 대답이 궁한 것처럼 보였다. 하지만 이번에는 이부키 쪽이 눈물을 글썽이고 뺨을 떨면서 말했다.

"그렇게 되면 지금 이 나도 존재할 수 없어. 왜냐면 원래의 내가 없어지니까."

"죽는다고?"

"죽는다고 할까, 이쪽 세계 자체가 끝인 거 아닐까?"

"그러면 나와 유마는 어떻게 돼?"

"에미와 유마는 내가 죽은 원래 세계로 돌아갈 거야. 내가 없어져버린 세계에서 유마와 둘이서 살아갈 거야. 이쪽 세계의 일을 기억할지 어떨지, 그건 나도 모르지만."

그 말은 황당무계하게 느껴졌지만 그래도 그 순간 저항하기 어려운 침투력으로 에미의 몸에 속속 스며들었다. 눈앞의 냄비며 접시, 부엌칼, 카운터 위의 커피메이커와 쿠키 상자 등, 눈에 닿는 모든 것에서 현실감이 빠져나가고 뭔가 유령 같은 환영을 보고 있는 느낌이었다. 동시에 자신이 병원에서 죽어가는 남편을 간호하는 광경이 머릿속에 와르르 밀려들었다. 그리고 완전히 살이 빠져 딴사람처럼 변해버린 남편의 빤히 바라보는 눈빛에 조금 전과는 또 다른 눈물이 쏟아질 것만 같았다.

그녀는 설령 한순간이라도 자신을 삼켜버리려는 남편의 그 세계관에 본능적으로 강하게 저항했다. 내 머리까지 이상해지는 것 같아, 하고 당장이라도 입 밖에 튀어나오려는 말을 지그시 억누르고, 쓸데없다고 생각하면서도 다시금 정색을 하며 말했다.

"어쨌든 나도 이래저래 혼란스러워서 상담을 한 번 받고 싶으니까 같이 병원에 가보자. 당신만이 아니라 나도 진찰을 받을 테니까. 상황 설명은 당신이 해줬으면 좋겠어. 나는 아무래도 제대로 설명할 수 없을 거 같아."

에미는 남편에 대한 자기방어적인 감정과 싸우고 있
었다. 빙수 가게가 이러쿵저러쿵하는 얘기만 안 한다면
이부키는 아무 문제없이 하루하루의 생활을 보낼 수 있
다. 그 망상만 해도 딱히 주위에 어떤 폐를 끼치는 것도
아니다. 유마에게도 빙수를 먹고 이미 여명이 얼마 남지
않은 자신의 얘기 따위는 하지 않았다.

단지 에미에게만 털어놓았고, 그렇기 때문에 그녀 자
신의 존재 감각까지 이상해지기 시작한 것이다.

회사에 출근해 데스크에서 슬랙을 처리하고 있을 때,
문득 병원에서 홀로 고통스러워하는 남편의 모습이 뇌
리를 스쳐서 등짝이 써늘해졌다. 그 광경은 남편이 '원래
세계의 나'라고 주장했던 것과 똑같이 너무도 현실적이
어서 도저히 자신의 머리로 만들어냈다고는 할 수 없었
다. 지금 이러고 있는 동안에도 그의 용태가 급변하면 어
떻게 해야 할지, 가슴이 먹먹해졌다.

이부키는 뺨이 움푹 패고 불룩 튀어나온 광대뼈에는

얇은 살가죽만 남아서 전혀 딴사람 같은 얼굴이었다. 산소마스크를 썼고 숨을 내쉴 때마다 그게 흐려졌다. 인간의 내측에 신중하게 감춰져 있던 죽음이 삶의 층이 얇아진 그만큼 겉으로 드러났다. 그건 그녀의 상상력을 뛰어넘는 것이어서 의료 기사 같은 데서 봤던 누군가의 사진인지 뭔지, 도무지 출처를 알 수 없는 게 오싹했다. 하지만 그 우묵해진 눈은 분명 이부키가 틀림없었다.

그가 지금 정말 죽어버린다면 어떻게 해야 할까…….
에미는 자신이 어느 쪽 세계에서 걱정하는지도 알지 못하는 상태로, 생각했다. 아무리 그래도 아직 너무 젊은 나이였기 때문에 남편이 가엾었다. 그토록 애지중지하던 유마의 성장도 여기까지밖에 못 본다. 앞으로 고등학생, 대학생이 되었을 때 비로소 남자 대 남자로 대화하고 싶은 일도 있을 텐데. 생명보험으로 유마를 사립 중고교에 보낼 수는 있을 것이다. 하지만 나 혼자만의 월급으로는 도저히 지금의 생활을 유지하는 건 불가능하다.

이부키의 말에 따르면, 지금 이 나는 절망적인 세계를 살고 있는 그쪽의—원래의?— 내가 잠시 건강한 모습의 남편과의 삶을 즐기기 위해 가상공간에 만든 존재인 것이다. 이 손도 가상이고 지금 느끼는 안구 피로도 가상, 마음속의 이 불안도 가상……

에미는 자신이 이부키의 병적인 망상에 서서히 침식되어가는 것을 느꼈다. 그건 마치 동일한 감염 증상과도 같았다. 아니면 서서히 몸을 파먹으며 시시각각 진행 중인 암에 비유해야 할까. 지금 현재는 어찌됐든, 이미 과거의 기억은 이부키 때문에 엉망이 되었다. 거짓과 사실이 뒤섞여서, 현실의 경험만이 갖고 있을 터인 특징이 무엇인지, 그녀는 자신감을 잃었다. 그날, 그가 애초에 빙수 가게에 갔었는지 어떤지도 이제는 알 수 없었다. 그도 그럴 것이 결국 그에게서 들었던 이야기일 뿐이고, 그의 허언이 언제부터 시작되었는지도 확실치 않다.

부모가 나란히 정신에 병이 든다면 유마는 어떻게 될까. 물론 그런 집안도 있을 것이다. 그게 불안해서 지금의 상황에 저항하고 있다. 하지만 눈에 보이지 않는 곳에서부터 조금씩 자신과 이 세계가 함께 무너져가는 게 느껴졌다.

이 세계의 이 모습이 단지 인간의 눈에 이렇게 비치는 것에 지나지 않는다, 라는 것쯤은 에미도 이해하고 있었다. 겹눈의 곤충에게는 전혀 다른 세계로 보일 것이고, 개에게는 붉은 색이 인식되지 않는다는 얘기도 최근에 들은 적이 있다. 사과가 붉지 않은 세계라는 것도 있다. 인간만 해도 태어나면서부터 근시인 자신은 육안 때와 교정 때의 세계의 차이를 알고 있다. 시각뿐만 아니라 인식의 방식도 제각각 다르다. 저마다 자기중심적인 세계의 내측에 서식하고 있고, 자신 이외의 생물의, 그 또한 저마다 자기중심적인 세계와 왜 그런지 잘 공존하고 있다.

하지만 가상 세계에서는 그런 제각각의 세계관의 차이까지는 포함하지 않을 것이다. 꿀벌도 골든레트리버도 똑같은 세계를 공유하고 있다. 그냥 표면적으로 모든 것이 잘되고 있다. 지금의 이 행복이든 뭐든 모두 다.

어쨌든 우선 나부터 정신을 바짝 차려야 한다, 라고 에미는 다시 자신을 다독였다. 나야말로 병원에 갔어야 했다.

어쨌든 저쪽 세계에서 이부키는 이미 여명 3개월이라

는 선고를 받은 모양이다. 아예 그쪽의 그가 얼른 죽어준다면, 이라고 그녀는 상상해보았다. '원래의 나'가 죽었을 텐데도 아직 이쪽 세계에서 살아있다는 게 밝혀지면 남편도 자신의 망상이 틀렸다는 걸 깨달을 터였다. 그건 일단 큰 충격이겠지만, 그래도 같이 병원에 가볼 계기가 되어줄지도 모른다.

하지만 그렇게 상상한 순간, 그녀는 명치 쪽에 결코 추상적이 아닌, 찌르는 듯한 아픔을 느꼈다. 그건 놀랍게도 죄책감인 것 같았다. 침대에서 고통스럽게 숨을 몰아쉬며 그녀를 바라보는 남편의 얼굴이 떠올랐다. '어떻게 남편이 얼른 죽었으면 좋겠다는 그런 말을 할 수 있냐고!'라는, 인터넷의 광기 어린 비방 중상 비슷한 비난의 목소리가 들려오는 것 같았다.

자신이 이부키가 '원래의 자신'으로 되돌아갔을 때처럼 기나긴 간병과 혼자서 감당해야 하는 육아 등으로 피폐해져 있는 것을 느꼈다……. 하지만 결코 그렇지 않을 터였다. 나는 단지 이 세계에서, 지금 이 상황에서, 벗어나고 싶은 거라고 생각했다.

그녀는 자신의 인생이 이렇게 이상한 것이 되어버릴 줄은 전혀 상상도 못했다. 그런 건 꿈에도 생각하지 못했던 무렵으로 되돌아가고 싶다고 간절히 원했다. 이부키가 말했던 그런 기술이 있다고 한다면 자신이 가고 싶은 곳은 그런 세계였다. 아버지가 쓰나미에 휩쓸려 세상을 떠나지 않은 세계가 무한히 존재한다면……. 만일 그렇다면 이곳이 아니라 그중 어딘가 하나의 세계에서 살고 싶었다.

*

여명 3개월이라는 선고를 받고 벌써 일주일이 지났다.

이부키는 이미 자신은 언제 죽어도 이상하지 않다고 각오하고 있었다. 그래서 이쪽 세계의 인생에 대한 애착은 더욱더 깊어졌다.

단지 자유롭게 움직일 수 있고, 에미가 만든 요리를 먹고, 학원에 가서 아이를 데려오는 길에 함께 어울려 장난치는 것에 무상의 기쁨을 느꼈다.

• 이부키 •

매일 회사에 출근하면, 동료들은 과연 원래 세계에서 이곳에 온 것인가 아니면 모든 것은 꿈처럼 자신이 그려낸 광경인가, 하고 내내 신기한 기분이었다. 그는 대장내시경 검사를 받은 날 봤던 병원의 간호사가 어릴 때 드나들던 '과자가게 아주머니'와 꼭 닮았던 것에 집착하고 있었다. 그건 실제로는 '과자가게 아주머니' 그 자체였던 게 아닐까. 꿈에서처럼 시스템에 생겨난 작은 불량으로 자신의 기억 속에서 그 '아주머니'의 모습을 끄집어내 간호사로 적당히 꿰어 맞췄던 게 아닐까. 맥도날드에서 빅맥 냄새를 맡았을 때, 자꾸만 대학시절의 기억이 되살아나 머릿속에 범람했던 것도 같은 종류의 에러인지도 모른다.

그건 어떤 기술일까. 분명 뇌가 직접 컴퓨터에 연결되어서…… 하지만 아무리 그런 사안 하나하나가 불합리하게 느껴져도 애초에 자신의 생각이 이상하다고는 결코 생각되지 않았다. 왜냐하면 원래의 자신의 코앞에 닥친 죽음의 고통과 공포는 압도적이었기 때문이다.

이부키는 뼈와 가죽만 남았고 이제는 마른 나뭇가지

처럼 변한 손과 발도 자유롭게 움직일 수 없을 만큼 무력했다. 호스피스 병동으로 옮겨진 지도 한 달이 되어간다. 의사는 더 이상 입원 생활은 어려우니 자택으로 가는 게 좋겠다고 통고했다.

견딜 수 없이 잠이 쏟아져서 병원의 하얀 천장을 바라보다 눈을 감았고 눈을 뜨면 다시 바라보았다. 하지만 그 하루는 앞으로 30년, 40년 이어질 기나긴 시간 속의 하루가 아니었다. 분모는 한없이 작아져서 어쩌면 1분의 1, 즉 마지막 하루일 수도 있다. 아니, 24시간 중의 단 몇 시간인지도 모른다.

죽음이란 저 천장이 보이지 않게 되는 것이구나, 하고 이부키는 생각했다. 하지만 저 하얀 무기질적인 천장이 내 삶이 아직 지속된다는 확증이라니……

그리고 이따금 그날 먹었던 빙수에 대해 되짚어보았다. 그 빙수를 먹었기 때문에 죽게 된 것은 아닐 텐데도 어느 샌가 그런 옛날얘기 같은 단순한 연결 구조가 생성되었다. 마치 백설 공주의 독 사과처럼. ……그나저나 한여름 같은 햇볕이 내리쬐고 후덥지근하게 더웠던 그 5월에 먹은 팥빙수는 정말 맛있었다. 창으로 비쳐드는 햇빛에 그 얼음가루 하나하나가 무지개처럼 아름답게 반짝였다.

　에미는 별반 감정을 드러내지 않고 내내 곁에서 그를 돌봐주었다. 유마는, 병상에서 꿈꿨던 세계보다 조금 나이가 들어서 벌써 중학교 교복을 입고 있다. 아버지가 투병하는 가운데서도 입시에 성공한 모양이다. 하지만 왜 그런지 엄마만큼 자주 보러 와주지는 않았다.

　"유마는?"

　"아……, 오늘 친구하고 꼭 만나기로 약속했나봐."

　"그래, 그렇다면 어쩔 수 없지. 친구하고 노는 게 가장 좋을 때야."

　이부키는 원래의 자신으로는 이미 뭔가를 생각할 힘도 없었다. 하지만 이쪽 세계로 돌아오면 그 기억을 0기에 암을 제거해버린 완전히 건강한 몸으로 다시 더듬어 볼 수 있었다.

　유마와는 공부하는 틈틈이 자주 공원에서 축구를 하

고 놀았다. 사이좋은 부자간이라고 믿고 있었지만, 이것도 죽음을 앞둔 소망이 만들어낸 광경일까. 오래도록 병을 앓은 탓에 거리가 벌어진 것인가, 아니면 그럴 나이대인 것인가. 자신의 소년시절을 되돌아보며 결국은 아직 어린애고 인간의 죽음이 무엇인지 잘 알지 못할 거라는 마음도 들었다.

자신이 죽은 뒤에 아들이 슬퍼해줄까, 라는 것은 처음 떠올랐을 때는 우문처럼 생각되었지만, 만일 별반 슬퍼하는 일 없이 부친의 죽음을 넘길 수 있기만 하다면 그게 더 행복하겠다고 마음을 돌렸다.

에미에게는 원래 세계가 있다는 얘기를 했지만, 유마에게는 그런 말을 할 생각이 없었다. 시스템 자체가 아직 불안정한 것 같기 때문에 알 수 없는 어떤 에러로 이쪽 세계에서의 경험이 원래 세계의 기억에도 남게 될지 모른다. 그러지 않고서는 모든 게 꿈처럼 덧없이 사라지리라. 하지만 기억하는 꿈도 있다. 단편적인 것이더라도.

이부키는 이제 에미에게도 원래 세계에 관한 얘기는 하지 않았다. 어렵게 얻은 소중한 시간을 그녀와 다투는데 허비하는 건 어리석다. 그녀 쪽에서도 병원에 가자는 말은 하지 않았다. 두 사람의 관계는 표면상으로는 원래대로 돌아가 있었다.

그날은 일요일이었고, 유마가 올 여름에는 한 번도 빙수를 못 먹었다고 해서 오후 4시쯤에 셋이서 근처 상가로 나갔다. 그곳 우동가게에서 여름이면 빙수도 해준다는 걸 전부터 알고 있었다. 더위가 맹위를 떨쳐 예년보다 장기간 빙수를 제공해준다는 모양이다.

5학년이 되자 토요일에도 학원 '이해도 테스트'를 받아야 했기 때문에 이전처럼 주말에 가족끼리 외출할 기회도 줄어들었다. 시간이 나면 유마도 요즘에는 반 친구들과 놀러나가곤 해서 점점 부모 슬하를 떠난다는 게 실감이 났다. 덕분에 집에서 느긋하게 쉴 시간이 많아졌지만, 오랜만에 온 가족이 나란히 걷게 되자 좀 더 이런 시간을 많이 가졌더라면, 하는 아쉬움이 밀려왔다.

인터넷으로 예약하고 갔기 때문에 가게 앞에서 기다리는 일 없이 곧장 자리로 안내해주었다. 네모난 4인용 목제 테이블은 방금 닦아냈는지 약간 물기가 번들거렸다.

오후 시간인 만큼 빙수를 먹으러 온 손님들이 대부분이었다.

유마는 딸기빙수, 에미는 망고빙수를 주문했고 이부키는 역시 팥이 든 것으로 했다.

기다리는 동안 유마가 말했다.

"아빠, 1엔짜리 동전을 만드는 데 몇 엔이 드는지 알아?"

"엇, 모르겠네? ……1엔?"

"땡, 틀리셨습니다. 3엔이야."

"3엔이나 들어? 그거, 학원에서 배웠어?"

"아니, 잡학사전에서."

"잡학사전! 하하하."

"아, 잠깐만……."

유마는 백팩에서 태블릿을 꺼내 재빠르게 검지로 조작했다. 그 익숙한 손놀림에 이부키는 역시 요즘 아이들답다고 감탄했다.

"에이, 보면 안 되는데?"

파일을 열자 '잡학사전'이라는 제목 아래 '① 1엔짜리 동전을 만드는 데 3엔이 든다. ② 자동판매기의 버튼 두 개를 동시에 누르면 왼쪽 상품이 나온다. ③ 활화산이 가장 많은 도도부현은 도쿄도.' 같은 항목이 주르륵 이어 졌다.

　"잡학사전이야? 대단하네. 네가 직접 만들었어?"

　"응, 내가 만들었어. 미리 보면 안 된다니까? 자, 그럼……."

　유마는 화면을 스크롤하며 어떤 질문으로 할지 찾고 있었다.

　"아, 이거! 수학적으로는 신문지를 몇 번이나 접어야 달에까지 닿을까요?"

　"그렇게 싸서 높이 접을 수 없는 거 아냐? 기껏해야 여덟 번 정도일 텐데."

　"수학적으로, 라니까. 대답해봐, 몇 번?"

　"어렵네……. 천 번?"

　"땡, 마흔두 번입니다!"

　"겨우 마흔두 번? 정말이야?"

"정말이지."

"와아, 진짜 잡학이네. 당신은 알고 있었어?"

곁에 앉은 에미에게 물어보니 멍하니 생각에 잠긴 기색이었지만 이내 미소를 지으며 나도 몰랐어, 하고 고개를 가로저었다.

유마는 의기양양하게 다시 문제 두 개를 더 냈다.

빙수는 곧바로 나왔다. 에미의 망고빙수는 진한 소스에 과일뿐만 아니라 호두가 든 생크림도 얹혀 있었다.

"……이거, 다 먹을 수 있을까? 생크림까지는 좀 부담스러운데."

유마의 딸기빙수는 예전부터 보던 그대로였다. 이부키의 팥빙수도 원추형의 흔한 모양새였고 그날 먹었던 것과는 전혀 달랐다.

딱히 피하려고 한 것은 아니지만 이부키는 그때 이후 한 번도 빙수를 먹지 않았다. 오는 도중에 그런 얘기를 했기 때문에 에미도 티 나지 않게 그의 안색을 살피고 있었다.

팥앙금과 함께 첫 한 스푼을 떴는데 역시 조금 무너져서 테이블에 흘렸다. 단팥 껍질을 깨물며 혀 위에서 얼음이 차가운 채 녹아가는 것을 느꼈다. 말차 소스는 쌉쌀함은 없고 그저 달기만 할 뿐이었다.

이건 현실이 아닌 것일까, 하고 이부키는 생각했다. 이 감각은 기억 속에 있는 빙수보다 불확실한 것일까……. 하지만 아마도 혀로 느끼는 게 아니라 뇌에 직접 자극을 받는 것이다. 그런 기술은 분명 원래 세계에서는 이미 발달한 것이리라. 그래서 팥빙수라고 하면 이런 평균적인 맛밖에 나지 않는다. 그날 먹었던 그 맛있는 현실의 빙수와는 다르게.

그래도 그는 이 빙수를 다 먹을 즈음에는 시간이 다시 그날로 되돌아간다는 식의 옛날얘기 같은 기대감을 품었다. 겨우 4개월 남짓이었지만 이토록 자신과 자신이 살고 있는 세계를 애틋하고 소중하게 여긴 적은 없었다.

"아빠, 빙수 떡 하나만 줘, 말차 안 묻은 걸로."

"응, 그래. 단팥은?"

"그것도 조금만."

이부키는 에미에게 말했다.

"그 생크림, 남길 거면 내가 먹을게."

"헉, 이걸 먹겠다고?"

에미는 어이없다는 듯이 웃더니 그릇을 이쪽으로 밀어주었다.

"내 단팥, 먹어볼래?"

"응, 그럼 맛만 볼게."

에미는 흘리지 않게 살짝 스푼으로 뜨더니 입에 옮기고는 말했다.

"그냥 보통이네."

"맞아, 평범하더라고, 여기 빙수."

가게는 손님들로 붐벼서 옆자리의 커플은 대학의 같은 과 친구 얘기를 수군거리고 있었다.

이부키는 문득 빙수를 꽤 많이 흘렸다는 것을 깨달았다. 검은 테이블 위에서 그것들은 이미 녹아서 작은 초록 물방울로 나무 살에 배어들고 있었다.

**

온 가족이 빙수를 먹고 온 그다음 날, 월요일 아침이 었다.

에미는 집안이 너무도 고요히 가라앉은 것에 도리어 흠칫 놀라 잠에서 깨어났다. 늦잠을 잤다고 생각했는데 휴대폰으로 확인해보니 알람이 울리기까지 3분쯤 남아 있었다. 안도의 한숨을 내쉬자 딱딱한 소리의 큼직한 심장박동이 느껴졌다.

뭔가 꿈을 꾸었다. 하지만 급하게 잠이 깨버리는 바람에 꿈은 화들짝 놀란 작은 동물처럼 자취도 없이 달아나 버려, 되짚어 봐도 아무것도 기억나지 않았다.

거실로 나가자 평소 같으면 먼저 일어나 아침식사를 차리던 이부키의 모습이 보이지 않았다.

유마는 벌써 일어나 소파에서 텔레비전 정보 프로그램을 보고 있었다.

"잘 잤어? 오늘은 일찍 일어났네?"

그렇게 한 마디 건네고 그녀는 3인분의 크루아상을 굽

고 이부키를 깨우러 침실로 갔다. 그가 늦잠을 자다니, 웬일인가 싶었다.

"잘 잤어? 아침이야."

노크를 하고 문을 열자 어두운 방에는 인기척이 없었다. 창문으로는 커튼 너머로 부옇게 빛이 새어들었다.

전등 스위치를 누르자 침대에 이부키의 모습은 없었다. 이불이 여느 때 없이 깔끔하게 정돈되었디.

오늘 일찍 출근한다고 했었나?

고개를 갸웃거리며 에미는 방을 둘러보았다. 청소를 했는지 선반도 책상 위도 깨끗하게 정리되었다. 행거에 다가가 잠시 그곳에 걸려있는 셔츠를 바라보았다. 뭐가 어떻다고 꼭 집어 말할 수는 없지만, 어쩐지 위화감이 들었다.

거실로 돌아오니 유마는 아직도 멍하니 텔레비전을 보고 있었다.

"유마, 빵 구웠으니까 그거 먹어. 접시는 네가 꺼낼 수 있지?"

유마는 고개를 빼고 메이저리그 결과를 전하는 화면

을 지켜보면서 천천히 소파에서 일어섰다.

"아빠는?"

에미가 묻자 유마는 말없이 돌아보았다. 그리고 엄마 얼굴을 빤히 응시했다.

"왜? 아빠는 벌써 회사에 갔어? 오늘 일찍 간다고 했었나?"

유마는 입을 꾹 다문 채 그 자리에 우두커니 서있었다. 눈동자가 흔들렸다. 그리고 가까스로 소리를 냈다.

"……응?"

에미는 미처 말이 되지 못한 그 소리에 미간을 좁혔지만, 살갗을 타고 벌써 몇 겹의 전율이 퍼져가고 있었다.

"……응?"

저질로 그녀노 똑같은 소리를 냈다.

유마는 불안한 눈빛으로 엄마 얼굴을 빤히 바라보며 되물었다.

"아빠라니……?"

거울과 자화상

'따라서 흉악사건을 일으킨 범인에 주목하여 그 가정 환경, 직업 경력, 친구관계, 경제 상태 등의 분석을 통해 '어떻게 하면 막을 수 있었는가'를 논의하기보다 실제로 범행에 이르는 일이 없었던 사람들에게 '어떻게 멈출 수 있었는가'를 탐문 조사하는 편이 범죄 억지력 관점에서는 의미가 있는 게 아닌가 하고 우리는 생각했습니다. 거듭 말하지만, 그러한 조사는 이 책 이전에는 전혀 없었습니다.'

—《일어나지 않았던 사건의 증언》서문에서

힘들어지면 진통제를 먹듯이 그 '계획'에 대해 생각했다. 그러면 그동안만큼은 마음이 편해졌다.

예전 같으면 나 혼자 끝내버리는 쪽을 생각했겠지만, 한 차례 시도했다가 실패한 뒤로는 그 고통스러운 기억 때문에 반쯤은 무의식적으로 기피하게 되었다. 죽음보다 죽음의 고통을 두려워하는 사람이 많은 건 당연한 일이다.

사형 선고를 받고 싶다, 라는 소망은 처음에는 잘못 배달된 편지 같은 느낌이었다. 정말 황당하다고 생각했는데, 시간이 지나면서 꼭 그렇지는 않다는 마음이 들기 시작했다. 그건 일종의 발상의 전환이었다. 그 기회는 성인이기만 하면 학력이고 연령이고 상관없이 실은 누구에게나 활짝 열려 있다. 요즘 시대에 그런 평등함도 없을 것이다.

그때부터 막연히 국가라는 존재에 대해 생각해보게 되었다. 그게 나를 죽인다는 건 대체 어떤 것일까.

윤리 수업 때 《리바이어던》이라는 옛날 책의 표지를 본 적이 있다. 산 너머에서 검과 지팡이를 든 왕 같은 사람이 스윽 모습을 드러낸 그림인데 자세히 보면 그 몸은 무수한 인간들로 만들어져 있다. 사형이란 아마도 그 몸의 일부 불쾌한 부분을 뜯어내고 손가락으로 짓눌러서 휙 내던져버리는 일일 것이다.

그러고는 국가가 뭔가 대단한 일이라도 한 것처럼 의기양양해하는 모습을 상상하니 너무나 웃겨서 한동안 다시 떠올릴 때마다 웃음 발작이 일어나 고생했다. 그러고는 참았던 그만큼 기분이 더러워졌다.

내가 교수형에 처해지는 모습을 최대한 그로테스크하게 상상해보았다. 모든 사람들이 신물이 날 정도로 불쾌한 꼴이면 좋겠다고 생각했다.

물론 처음에는 그냥 그런 망상을 남모르게 갖고 놀았을 뿐이다. 하지만 관념이라는 게 농담이 통하지 않는 인간 같아서 어느 샌가 진심이라고 믿어버리게 된다. 그렇게 처음에는 아무 내용도 없는 편지 같았던 소망이 끊임없이 구체화되기를 원하고 '계획'을 재촉하기에 이르렀다.

그렇지만 사형을 받기 위해서는 대체 어떻게 하면 되는가.

신주쿠 구청에 찾아가 접수처에서 상담하는 것을 상상해보았다. 그곳은 입지도 그렇고, 내부도 정말 카오스 그 자체여서 온갖 다양한 사람들이 온갖 다양한 고민을 털어놓으러 찾아간다.

"무슨 일이신지요?"

"사형 선고를 받고 싶은데요…….."

"사형이라면 누구든 3인을 살해해주셔야 신청이 가능합니다."

"3인이라고요?"

"아, 실례했습니다, 3인 이상입니다. 담당자에 따라서도 다르지만, 2넹이년 신정이 통과되지 않는 경우가 많으니까 3인 이상이 확실합니다."

"그렇구나. ……근데 누구를 죽여야 하지요? 그게 누구냐에 따라 사람 수에 차이가 있나요?"

"누구든 상관없습니다. 사형의 경우, 사람 수가 중요하니까요. 신청 접수는 그 다음에 받게 됩니다."

상상 속의 신주쿠 구청 직원은 싹싹하게 응답해주었다. 여성이고, 일을 아주 잘하는 느낌이었기 때문에 이름을 '나카타 씨'라고 정했다.

생판 알지도 못하는 사람을 살해해놓고 '누구든 상관없었다'라는 식으로 말하는 범죄자를 보면 너무 어처구니없다고 생각했는데, 사형을 목표로 한다면 전혀 엉뚱한 일도 아니었다. 아무튼 '누구든 상관없이' 3인 이상을 살해하지 않으면 안 된다.

'계획'에 대해 구체적으로 생각하자 그게 하루하루 살아갈 의지처가 된다는 걸 문득 깨달았다. 앞으로 몇 십 년은 이 '계획' 덕분에 살아갈 수 있는 게 아닐까 싶을 정도였다. 하지만 그것도 쉽지 않다. 어떤 사건을 저지를 수 있는지 이리저리 궁리하다 보면 자존감과 우월감이 생긴다. 그런 건 어차피 언제까지고 가슴속에 담아두기 어렵다. 표현 욕구에 내몰리기 때문이다.

한편으로, 사람을 죽이는 상상에는 아픔이 있었다. 주의 깊게 돌이켜봤지만 사람을 죽이고 싶다고 생각했던 적은 지금까지 한 번도 없었다. 죽일 뻔한 적은 있지만 그건 의도치 않은 일이었고 분명하게 불쾌했다. 하지만 그 아픔은 어느 쪽인가 하면 내 쪽의 문제였고, 살해되는 사람의 아픔을 상상한 건 아니었다.

'계획'은 그 아픔이 날카롭지 않고서는 아무 치유 효과도 없고 또한 겁도 났지만, 실행할 때까지 유지시키려면 우선 견뎌낼 만한 것이어야 했다. 어쨌든 사형제를 이용하기 위해서는 법률과 사법의 규정에 따르는 수밖에 없기 때문이다.

소년시절부터 최대한 지금 이 세계를 멍하니, 오감에 강한 여파가 미치지 않도록 흐릿하게 감지하는 기술을 익혀왔다. 그러지 않고서는 단 한순간도 살아갈 수 없었다. 하지만 그렇기 때문에 산다는 게 죽음과 별반 다르지 않은 것 같기도 했다.

〈나카타 씨에게 상담〉

(거울을 보면서 연습)

우리 집은 지방 도시에서 소규모 공사업체를 운영했기 때문에 내가 중학생 때쯤까지는 꽤 유복하게 살았습니다.

실은 우리보다 더 부자인 집도 있었는데 그 친구들의 부모님은 기품도 있고 아이를 바르게 키우는 분들이라서 남들 보란 듯이 돈을 펑펑 쓰지는 않았습니다. 우리 부모님은 저학력이라는 것에 콤플렉스가 있는 졸부였어요.

아들만 둘인 집의 둘째였는데, 말썽을 피우며 문제를 일으킨 건 항상 나보다 형 쪽이었어요. 그런데도 왜 그런지 매번 아버지의 분노와 미움을 산 것은 나였습니다. 어머니도 노골적으로 형을 편애했습니다. 이건 내 짐작이지만, 아마 나는 예정에 없던 아이여서 애초부터 키우기가 싫었던 것 같아요.

아무튼 부모에게 칭찬을 받은 기억이라고는 한 번도

없습니다. 진짜 단 한 번도. 형이 시험에서 70점을 받아 오자 부모님이 아주 기뻐하면서 용돈으로 5천 엔이나 주더라고요. 그래서 내가 93점을 받았을 때, 분명 칭찬해줄 거라고 기대하면서 집으로 달려갔습니다. 전업주부였던 어머니가 거실 소파에서 텔레비전을 보고 있길래 얼른 달려가 "엄마, 나 93점 맞았어!"라고 말했어요. 하지만 어머니는 돌아보지도 않고 무표정하게 "알았어"라고 대꾸하고는 텔레비전 소리를 크게 키우더라고요. 어머니에게 보여주려고 손에 들고 있던 시험지를 어떻게 해야 좋을지 몰라 나는 그대로 멀뚱히 서 있있어요. 이윽고 어머니가 험상궂은 얼굴로 "뭐, 왜!" 하고 이쪽을 쳐다보더라고요. 그래서 겨우 "아니, 아무것도 아냐" 하고 별일 아닌 척 내 방으로 들어왔죠.

저녁을 먹을 때, 나는 아버지에게도 시험 결과를 알려줬지만 처음에는 그냥 무시하고 넘어가더니 잠시 뒤에 "너, 빈정거리는 거야? XX(형의 이름)보다 네가 머리 좋다고 지금 자랑하는 거냐고! 넌 성격이 왜 그 모양이야? 아주 사람을 깔보고, 완전 재수 없는 녀석이네"라고 하더라고요.

　형은 이런 때 순간적으로 눈물을 흘릴 줄 아는 인간이에요. 그러자 이번에는 어머니가 신경질적으로 화를 내며 "그렇게 자랑치고 싶으면 답안지 내놔봐!"라고 내 손에서 시험지를 낚아채더니 다섯 문제의 한자 받아쓰기에서 단 한 군데 틀린 곳을 집요하게 나무란 뒤에 형에게 사과하라고 했습니다.

　내가 노력의 가치를 믿지 않는 것은 일단 누군가에게서 미움을 사버리면 뭘 어떻게 열심히 해봐도 다시 사랑받는 일은 절대로 없기 때문이에요. 모든 게 기대와는 정반대의 결과가 나오거든요. 집안에서 오늘은 언제 어떤 이유로 부모님한테 혼이 날지, 그것만 걱정하며 겁에 질려 있었습니다.

　상황이 더욱 악화된 것은 중학교 1학년 겨울에 아버지 회사의 경리가 돈을 횡령해 도주해버린 뒤부터였어요. 마침 거품경제가 붕괴되고 불황의 파고가 드디어 우리가 살던 작은 도시에까지 밀려든 무렵이었습니다. 집안 경제가 부쩍 나빠지면서 어머니도 밖에 일하러 나가게 됐어요. 아버지 회사가 5년 후에 도산했지만, 말하자면 그때부터 멸망의 시작이었어요.

나는 이유도 모른 채 아버지가 휘두르는 폭력에 시달렸습니다. 한겨울에 발가벗겨 마당으로 내쫓거나 욕조물에 처박는 일은 그 전에도 가끔 있었지만—그나저나 이건 학대의 전형적인 사례인지, 왜 가정 폭력 부모들은 판에 박은 듯 똑같은 짓을 할까요?—, 점점 술독에 빠지면서 그게 거의 일상이 됐어요.

어머니는 아마 정신에 병이 들었던 거 같아요. 울고 소리치고 감정 기복이 심해져서 역시 나를 때렸습니다. 어머니의 경우에는, 매번 뺨 싸대기를 갈기더라고요.

나는 왼손 약지와 오른팔, 그리고 아마 갈비뼈에도 한 번씩은 골설상을 입었지만, 그렇게 학대를 받는다는 건 아무도 알지 못했어요. 내가 비밀로 한 탓도 있지만, 아버지는 형이 6학년 때 학부모회장을 맡았을 만큼 밖에서는 인망 있는 사람이었습니다.

중학교 3학년 때, 술에 취해 내 방에 쳐들어온 아버지를 나는 비닐테이프 거치대로 후려쳤습니다. 그게 가까이에 있던 가장 묵직한 물건이었기 때문이에요. 2킬로그램쯤 되는, 사무용 금속제 거치대였어요. 아버지는 당황해서 그 자리에서 엉덩방아를 찧고 넘어졌습니다. 연달아 아버지를 그 비닐테이프 거치대로 후려쳤어요. 아버지가 팔로 얼굴과 머리를 감쌌기 때문에 제대로 맞히지는 못했지만, 내 다리를 붙잡길래 발로 걷어차고 짓밟았습니다. 아버지는 몸집이 작아서 그때쯤에는 이미 나와 별반 키 차이도 없었어요.

나는 일절 힘 조절은 안 했습니다. 내가 아버지에게 당한 경험을 통해 인간은 그리 쉽게 죽지 않는다는 걸 알고 있었기 때문이에요. 하지만 그건 오해였고, 어쩌면 운이 좋았던 것뿐인지도 모르겠습니다.

게다가 오래도록 이어진 학대 탓에 나는 세계를 그저 멍하니 감지하는 능력이 몸에 배어 있었습니다. 어떤 일을 하든 어떤 일을 당하든 내 감각기관을 마비시켜서 세계와 거리를 두는 거예요. 처음에는 그게 어려워서 항상 나 자신에게 "좀 더 둔감해져라. 둔감해져라, 둔감해져라" 하고 주문을 걸었습니다. 성인이 되어 한동안 정신과

치료를 받았지만, 거기서 처방받은 약의 효과라는 게 내가 그동안 내 식대로 키워온 '세계를 멍하니 감지한다'는 바로 그것이었기 때문에 아하, 역시 그렇구나, 하고 실감했어요.

아버지는 처음에는 "이놈아, 하지 마!"라고 큰소리를 질렀지만, 계속 걷어차고 짓밟아줬더니 결국 "잘못했습니다, 살려주세요" 하고 빌더라고요. 나는 사과를 받은 것보다 오히려 그 말투에 충격을 받았습니다. 아마 어린 시절에 폭력을 당했고 그때마다 그렇게 용서를 빈 경험이 있었던 모양이지요.

내가 발길질을 멈춘 것은 반격에 대한 두려움이 사라졌기 때문이었어요. 계속 대들었다면 꼼짝도 못할 때까지 발길질을 멈추지 않았을 겁니다. 납작 엎드려 고개 숙여 사과하는 아버지를 보자 내가 얼마나 한심한 인간에게서 태어났는지, 그 실체를 맞닥뜨린 기분이었어요. 진짜 짜증나는 기분입니다.

그날 형은 집에 없었지만, 어머니는 뒤에서 그러지 말라고 울부짖으며 어쩔 줄 모르더라고요. 방을 나가면서 그런 어머니도 홱 밀쳐버렸습니다.

아버지는 이마에 큼직한 혹이 생겼고 앞니가 부러져 입에서 피를 흘리고 코뼈는 부러졌습니다. 그리고 나한테는 결코 말하지 않았지만, 아마 그때 왼쪽 눈이 잘 안 보이게 된 모양이에요. 하지만 그들은 경찰에 신고하지 않았고, 그 뒤로 다시는 내게 폭력을 휘두르지 못했습니다.

한 지붕 아래서 나는 부모와도 형과도 완전히 타인으로 지냈습니다. 세 사람 모두 내가 폭발할까봐 두려워하며 아마 몇 번은 죽여 버리자고 상의를 했는지도 모릅니다. 이건 내 피해망상인지도 모르지만 한밤중에 누군가─아마도 아버지가─ 내 방 앞에 지그시 서있는 기척을 느낀 적도 있어요.

그래도 나는 지역 공립고교에 입학했고 아버지는 그 비용을 대줬습니다. 아들이 중졸이면 주위에 창피했기 때문이겠지요.

사랑받고 싶다는 기대만 포기해버리면 모든 게 간단해요. 나는 내가 나쁜 짓을 했다고는 생각하지 않았습니다. 참고 또 참다가 궁지에 몰린 인간이 마지막에 복수를 위해 상대를 때려눕히는 건 어떤 영화에서도 만화에서도 반드시 선한 일로 묘사되잖아요.

비참한 가정에서 자랐지만 나도 초등학생 때쯤까지는 최대한 명랑하게 살았어요. '계획'을 실행해서 언론이 그 당시 동급생들에게 인터뷰를 한다면 분명 그렇게 말하겠지요. 특히 달리기를 잘해서 체육에는 누구보다 앞섰기 때문에 다들 한수 위로 쳐줬습니다. 그 뒤의 인생에 아무 도움도 안 되면서 어린아이를 우월감에 우쭐하게 하거나 열등감에 시달리게 하는 과목이 체육이더라고요.

다만 그런 추악한 폭력을 당하면서도 사실 나는 학대받는다는 의식을 그리 확실하게 품고 있지는 않았어요. 애초에 그 당시 내가 자란 동네에서는 교사들도 체벌이 심했습니다. 굳이 말하자면, 우리 집에서의 일이 너무 창피해서 주위에는 들키고 싶지 않았습니다.

5학년 3학기, 반이 바뀌기 전에 장래 유명해질 가능성이 있는 친구의 사인을 수집하는 여학생이 있었어요. 나와는 별로 친하지도 않았는데 그 여학생이 노트를 들고 내 자리에도 사인을 청하러 왔습니다. 그 하얀 페이지가 눈부셨던 것이 지금도 기억나네요. 다른 아이들은 연예인을 흉내낸 사인을 반쯤 재미 삼아 써줬지만, 나는 마치 답안지에 써넣듯이 반듯하게 내 이름을 썼습니다. 소소한 일화지만, 실은 초등학교 6년 동안 나한테는 가장 흐뭇한 추억입니다.

미래에 대한 꿈은 그 무렵의 나에게는 분명 구원이었어요. 내 소년시절은 80년대였으니까 당연히 미래는 밝을 거라고 미리 정해지다시피 해서 어른들도 꿈을 가져라, 노력은 반드시 보답을 받는다, 라면서 아이들을 한껏 부추겼습니다. 자기들의 성공에 취했던 거였어요. 애초에 불황의 밑바닥에서 태어난 그다음 세대와는 그런 점이 달랐던 것 같아요.

초등학교 때는 대체적으로 좋은 추억이 많았어요. 그런데 중학교에 들어가자마자 따돌림을 당하기 시작했습니다. 이유는 모르겠어요. 어쩌면 내 허세가 좀 눈꼴 시렸던 것인지도 모르겠어요. 우리 중학교에는 세 곳의 초등학교 출신들이 모였는데, 나는 다른 학교 출신들에게 어느새 '음울한 놈'으로 통했고, 처음에는 무시하더니 점점 내 물건을 감추고 망가뜨리고 내다버리더라고요. 우리 집이 망했다는 게 벌써 소문이 쫙 퍼져서 그것도 비웃음 거리가 됐습니다.

그 무렵부터 내가 평행 세계에 잘못 들어섰다는 느낌이 들었어요. 내가 왜 남들에게 그토록 혐오감을 안겨주는지, 이유를 알 수 없었기 때문입니다. 처음에는 집에서만 미움을 받았으니까 우리 가족이 나쁜 거라고 생각했어요. 그런데 학교에서도 그런 일이 벌어졌잖아요. 내 말투가 이상한 건가, 생김새 때문인가, 생각해볼 수 있는 건 모두 한바탕 생각해봤습니다. 결국 뭔가 잘못 입력되어 그런 세계로 내동댕이쳐졌다고 생각하는 게 가장 딱 들이맞다라고요.

집에서도 학교에서도 나 자신이 풍경의 일부가 되려고 노력했습니다. 투명해지고 싶다는 게 아니라 그 자리에 있지만 그냥 없는 것으로 해줬으면 좋겠는 거예요. 그리고 '진짜 나'는 어딘가 다른 세계에서 그 초등학교 시절의 쾌활했던 내 모습 그대로 중학교에도 재미있게 다니고, 같은 반 여자애가 기대했던 대로 뭔가로 유명해져서 정말로 사람들에게 사인 공세를 받으며 화려한 생활을 할 거라고 공상했습니다.

고등학교를 졸업하고, 한동안 음식 체인점에서 정사원으로 일했는데 온종일 상사에게 험한 말을 듣고 장시간 노동을 강요당하는 동안에 건강이 무너져서 이십 대 중반에 퇴직했어요. 정신과를 드나들며 치료를 받은 게 그 무렵입니다. 그때부터 식품공장 비정규직 등으로 근근이 먹고살았습니다.

……이렇게 얘기하다 보니 어디에나 흔히 있을 법한 저소득 노동자네요. 나는 '계획'을 실행에 옮기기 위한 정당한 이유를 계속 생각해보는 중인데……, 없어요. 아니, 내가 보기에는 너무도 충분한 이유지만, 이런 걸로는 사형을 신청해도 심사를 통과하지 못하는 거 아닐까요?

우리 세대에도 성공한 사람은 있습니다. 그들과의 거리가 해가 갈수록 벌어지고 있어요. 남은 인생을 감안하면 결론이 너무 일찌감치 나와버렸고, 그렇게 되니 남은 인생이라는 게 정말 길게만 느껴집니다.

• 거울과 자화상 •

딱 한 번, 잠들기 전에 미친놈처럼 엉엉 울면서 "도와줘, 도와줘, 도와줘" 하고 계속 중얼거린 적이 있어요. 그 말을 수없이 되풀이하다 보니 뭔가를 접한 느낌이 들더군요. 나는 하느님도 부처님도 믿지 않습니다. 죽으면 저세상 같은 것도 없고 모든 게 다 끝이라고 생각해요. 하지만 그때는 어쩌면 그 뭔가가 나를 구해주지 않을까, 이쪽 평행 세계에서 빼내주지 않을까, 하고 단 한순간이지만 꿈을 꿨어요.

나는 행복한 사람들이 어느 날 갑작스럽게 모두 다 죽어줬으면 좋겠다고 빌었습니다. 아무리 행복해도 죽어버리면 역시나 불쌍하고, 그렇게 되면 나는 아직 살아있다는, 단지 그것만으로 우월감을 찾아서 그들에게 선한 마음을 가질 수 있겠다고 생각했기 때문이에요. 하지만 현실적으로 먼저 죽는 건 가난한 내 쪽입니다.

심리학에서는 이상과 현실 사이의 갭을 받아들이지 못하는 나 같은 사람의 병증을 '유아성 만능감'이라고 한다더라고요. 그토록 꿈을 가지라고 부추겼으면서 어떻게 그런 말을 하나 싶지만, 뭐 그럴지도 모르지요. 이제는 뭐가 어떻든 상관없어요. 솔직히 나는 사회와 한편이 되어 나 자신을 조롱하는 것에도 이제 지칠 대로 지쳤습니다.

이 세계는 내게 아무런 은혜도 베풀어주지 않아요. 그러니 이 세계가 지속되도록 하기 위해 내가 협조해야 할 이유는 없습니다. 내가 참석하지도 못하는 파티의 개최 비용을 왜 내가 부담해야 한단 말입니까. 내 나름대로 적응하려고 수없이 노력해왔어요. 하지만 사형을 신청하자는 생각이 떠오른 뒤로는 그런 것에서도 해방되어 마음이 편해졌습니다.

나는, 마지막으로 국가가 결단을 내리고 내 존재를 인식해서 직접 사형에 처하는 것을 받아들여준다면 아마 감사까지 할지도 모릅니다. 아, 드디어 알아봐줬구나, 하고요. 내가 지금까지 납부한 세금을 그나마 거기에 써주었으면 하는 거예요.

거울 연습 끝.

취조 때나 인터뷰 등에 적용 가능.

———————

그날 나는 불쾌한 꿈을 꾸다가 눈을 떴다. 내가 이불 속에 있다는 것 정도는 알고 있는, 반쯤 깨어있는 듯한 꿈이었다.

나는 불결해서 도저히 집 안에서 기를 수 없는 동물을 비밀리에 기르고 있었다. 어떤 동물인지도 알 수 없고, 갈색 멧돼지 비슷한 짐승인데 얼굴이 어디 있는지도 알 수 없었다. 그게 이불 속에 들어와 돌아다녔다. 오싹 소름이 끼쳐 내게서 떼어놓으려 했지만 팔에 힘이 들어가지 않았다. 억지로 밀쳐내자 멧돼지는 마구 할퀴고 물어뜯으며 덤벼들었다. 아프지는 않았지만 몸 여기저기에 상처가 나서 피투성이가 되었다.

잠에서 깼을 때, 내 두 눈은 구토한 뒤처럼 질퍽해져 있었다.

분명 이제 한계구나, 하고 생각했다. 무턱대고 화가 났다. 이건 내 인생에서 결코 꾸지 않았어야 할 꿈이었다. 더 일찍 '계획'을 실행에 옮겼다면 이런 꿈은 꾸지 않아도 되었을 터였다.

일거리도 없는 평일이었기 때문에 우에노 공원을 혼자 산책하다가 서양미술관에서 개최한 인상파전을 보러 안으로 들어갔다. 검은 나일론 백팩에는 묵직한 서바이벌 나이프가 들어 있었다. 지난 2주일 내내 외출할 때마다 반드시 들고 다닌 것이다.

미술관에 들어가지 못할 만큼 사람들이 줄을 선 것은 아니지만, 그래도 관람객들이 꽤 많았다.

나는 예전부터 그림이 좋았다. 현대 아트는 뭐가 뭔지 잘 모르기 때문에 아트 애호가들의 대화에는 따라갈 수도 없지만, 좀 더 오래된 시대의 훌륭한 유화를 보고 있으면 마음이 안정되는 게 있었다.

평일 낮 시간이라서 큼직한 서바이벌 나이프로 찌르기에는 적합하지 않은 고령의 여성들이 대부분이었다.

'계획'을 실행에 옮긴다면 지금 내가 살고 있는 세계는 단숨에 뒤바뀌게 된다. 나는 점점 달아오르는 머리로 궁리했다. 그 순간에 봉쇄되어 갈 곳을 잃어버리게 될 일상의 시간들이 지금 이 틈에 얼른 흘러가자고 맹렬히 쇄도하고 있었다.

모네의 〈수련〉, 고흐의 〈별이 빛나는 밤〉 같은 유명한 풍경화를 다른 관람객들을 피해가며 전혀 집중하지 못한 채 둘러보았다. 몇 번 누군가와 부딪힐 뻔해서 이제부터 찔러죽일지도 모르는 상대에게 미안합니다, 하고 사과하기도 했다.

무차별 살인의 범인이 범행 현장으로 인상파전을 선택하고, 범행 직전까지 태연히 그림을 구경했다! ……이건 나름대로 충격적인 정보가 될까. 지금 미술관 안에 있는 사람들은 사건의 목격자로서 경찰에서 참고인 조사를 받고 언론의 취재도 받을 것이다.

"드가의 〈욕조 안의 여자〉를 범행 직전까지 열심히 들여다봤어요. 그러더니 갑자기 백팩에서 나이프를 꺼내 주위 사람들을 무차별적으로 찌르고 다녔어요."

내 자의식은 지나치게 팽팽히 당겨져 그 자리에서 어떻게 움직여야 할지도 알 수 없었다. 원래부터 미술관에 올 때마다 어떤 순서로 어떤 벽에서부터 구경해야 할지 망설이곤 했는데 그때는 내 인생이 그다음 한 걸음으로 결정되어버린다는 느낌이었다.

드가의 욕실 여자들 그림은 모두 도둑 촬영한 것처럼 화가의 존재를 전혀 눈치채지 못한 모습이다. 그림이라는 건 원래 다 그렇지만 드가는 특히 숨어서 엿보는 느낌이 든다. 아니면 그 반대일까. 다른 그림의 화가들과는 달리, 신경 쓰일까봐서 숨을 죽이고 있는 건가.

그때 돌연 누군가 나를 쳐다보는 기척을 느꼈다. 그리고 왼쪽 벽을 돌아보았다. 검은 모자를 쓰고 얼굴만 이쪽으로 향하고 있는 젊은 남자……. 드가의 자화상이었다.

얼굴의 왼쪽 반절에는 빛이 비치고 눈빛도 반짝였지만 오른쪽 반절은 그림자가 지고 눈꺼풀은 살짝 내려뜨고 있다. 두툼하고 높은 콧날이 굽이치고 입술은 반들반들 도톰하다. 옅은 수염에 덮였고 그것이 윤곽선을 만든 배경의 그림자와 애매하게 녹아든다. 피부에는 청년다운 향기가 피어오를 듯한 싱싱함이 있었다.

나는 〈자화상 1857〉이라는 제목이 붙은 그 그림을 알고 있었다. 중학교 미술실 벽에 복제 포스터가 붙어 있었고 그 뒤에 그건 내 소유물이 되었다. 나로서는 추억 깊은 그림이었지만 실물을 보는 건 처음이었다.

하나의 기억이 나를 덮쳤다.

중학교 3학년 때, 장마철 무렵이었다. 미술실 청소 당번 일을 마치고 나 혼자 그 그림 포스터를 보고 있었다. 화구를 올려놓은 선반 옆 벽에 마침 눈높이로 붙어 있어서 나는 누군가 부르기라도 한 것처럼 그 앞에 우두커니 서있었다. 포스터라고 해도 크기가 작아서 그림 속 얼굴이 실제 사람과 비슷한 정도였다.

"그거, 내가 로스앤젤레스에서 사왔어."

어느샌가 등 뒤에 미술 선생님이 와 있었다. 가운데 가르마의 머리가 항상 자연스럽게 어깨쯤에 걸쳐있는, 빼빼 마른 작은 몸집의 여선생님으로 무뚝뚝한 건 아니지만 아이들의 사랑을 받는 것에 일절 관심이 없어서 별로 인기는 없는 분이있다. 우리 반 미술 담당이었지만 말을 걸어준 건 그때가 처음이었다.

그날도 나는 아침부터 친구들과 한 마디도 대화를 하지 못했다.

"드가라는 인상파 화가야. 발레 무용수 그림을 많이 그린 사람인데, 알고 있니?"

"……아뇨."

그녀는 내가 이어서 말해주기를 기다리듯이 잠자코 그림을 보았다. 나도 다시 그림으로 시선을 돌렸지만 잠시 뒤에 궁금했던 것을 질문해보았다.

"화가의 자화상은 왜 정면이 아니고 약간 비스듬하게 얼굴을 돌리고 있어요?"

그걸 알아본 것은 수업 중에 렘브란트 자화상을 봤을 때였는데 그 드가 그림도 거의 같은 각도로 얼굴을 돌리고 있는 것에 시선이 갔던 것이다.

"네 생각에는 왜 그런 거 같아?"

"……용기가 없어서?"

선생님은 이를 내보이는 일 없이 조용히 웃으면서 "재미있네" 하고 내 눈을 보았다. 그리고는 다시 그림으로 시선을 돌리고 잠시 생각에 잠겼다가 이윽고 말했다.

"그래, 그런 점도 있겠다."

선생님이 내 말에 대해 대략 요점을 벗어났는데도 일단 검토해본 끝에 동의해주는 모습에 나는 가슴이 뭉클해졌다. 당황스러우면서도 기쁜 마음이 들었던 것이다.

"……실제로는 왜 그런 거예요?"

"S군의 말도 사실이야. 심리적으로……. 맞아, 용기가 없는 건지도 모르겠다."

그러고는 다시 그림을 한참 바라본 뒤에 선생님은 입을 열었다.

"'4분의 3 정면상'이라고, 네덜란드 화풍의 영향에 따라 이 각도로 그리는 전통이 생겨났어. 근데 근현대까지 계속 똑같이 그렸던 걸 보면…… 자화상이니까 대개는 거울을 보면서 그리겠지? 그러니까 정면에 이렇게 캔버스가 있고, 그 옆의 여기쯤에 거울이 있어서 거기에 비친 자신을 그리면 상반신이 나오는 거야."

몸짓으로 직접 차례차례 위치를 잡아주며 설명했다.

"정말 그러네요."

선생님이 말한 대로 정면에 놓인 캔버스를 머릿속에 떠올리고 그 왼편에 거울을 둔다고 생각하면서 그림을 바라보니 마치 같은 타이밍에 돌아본 것처럼 드가의 자화상과 눈이 딱 마주쳤다. 분명 그건 드가의 얼굴이 아니라 거울에 비친 드가의 얼굴상을 그린 것이었다. 조금 흐

릿한 목 부분은 아마도 옛날의 낡은 거울에 흐릿하게 비
쳤기 때문일 것이다

그런 것도 몰랐던 나 자신의 무지가 창피했지만, 그래
도 그 발견에는 어떤 지적인 흥분이 있었다. 자신의 얼굴
을 직접 그리는 건 불가능하다. 그림으로 그려낼 수 있는
건 거울에 비친 얼굴뿐이지만, 그건 똑같은 게 아니지 않
을까, 하고 막연히 느꼈던 것이다.

"직접 그려보면 금방 이해할 수 있어."

"선생님은 미대에 다니셨어요?"

"그렇지. 아, S군은 집에서 그림도 그리니? 감각이 있
는 거 같던데. 점수를 잘 줬지, 내가?"

그런 식으로 인식하고 있었다는 것에 놀랐지만, 나는
별말 없이 고개를 저었다.

"……아뇨."

그런 재능은 나에게는 없었다.

나는 다시 드가의 자화상을 보았다. 아니, 정확히는 드
가가 그린 거울 그림을 보았다. 그러자 이번에는 그곳에
비친 것이 마치 내 얼굴인 듯한 이상한 착각이 들었다.

물론 나는 그렇게 윤곽이 뚜렷한 얼굴도 아니고 수염도 나지 않았다. 하지만 전혀 닮은 데가 없더라도 거울에 비친 것이라면 그건 내 얼굴일 터였다.

"직접 그리지 않더라도 미술관에 그림을 보러 가봐. 실물을 보면 더 많은 걸 발견할 테니까."

"……네."

"그림을 관람하는 즐거움은 평생 가는 취미야."

"취미가 있으면…… 살아갈 수 있어요?"

내 목소리에는 의도치 않게 힐문하는 듯한 투가 담겨버렸다. 그녀는 한순간 얼굴에 긴장이 내달렸지만 곧바로 미소를 지었다.

"뭔가 취미가 없으면 재미도 없겠지?"

"선생님은 미술이 취미예요?"

"응, 그렇다기보다 교사니까 직업이기도 하지."

"원래 미술 선생님이 되고 싶었어요?"

"원래 되고 싶었던 건 아니었어."

"그럼 뭐가 되고 싶었는데요?"

"아……. 그런 건 상관없잖아."

중학생이 그냥 무심코 물어볼 종류의 질문이었지만, 그녀는 불쑥 차갑고 거부적인 목소리를 냈다. 그 때문에 도리어 선생님의 어떤 진심을 접한 듯한 느낌도 들었지만, 오랜만에 학교에서 남과 대화를 나누고 결국 상대를 불쾌하게 만들어버린 것이 서글펐다.

빗자루를 정리하고 돌아갈 준비를 하고 있으려니 선생님은 마음이 바뀐 듯 나를 불러 그 드가의 자화상 포스터를 벽에서 떼어내 내게 내밀었다.

"이거 줄 테니까 네 방에 붙여놓고 찬찬히 연구해봐."

"제가 가져가도 돼요?"

"괜찮아. 내 개인 물건이니까."

"고맙습니다."

선생님은 가볍게 고개를 끄덕이더니 그대로 미술 준비실로 들어갔다.

집에 돌아온 나는 드가의 자화상을 방 벽에 붙여놓고 거울을 들여다보듯이 내내 바라보았다.

나의 뇌는 드가의 자화상에서 드가 자신의 얼굴을 상

상하는 게 아니라 내 얼굴을 그려내려 하고 있었다. 그리고 두 손으로 내 얼굴의 요철을 확인했다.

그러고는 방으로 가져온 A4 사이즈의 거울로 이번에는 실제 내 얼굴을 바라보았다. 내 얼굴은 그것이었다. 그런데 그것을 바라보는 나는 타인의 시선이 되어 있었다. 나는 미소를 지었다. 크게 입을 벌리고 소리 없이 웃었다. 미간에 주름을 잡았다. 진지한 눈빛이 되었다. ……대체 나는 남들에게 어떻게 보이는 걸까. 아침마다 나는 거울 앞에서 얼굴을 씻고 이를 닦았다. 하지만 그런 식으로 다양한 표정을 만들어본 적은 없었다. 거울 속 얼굴의 움직임은 분명 내 의지와 연동하고 있었다. 그것은 내 얼굴이었다. 하지만 나는 그 인상을 타인처럼 빋아들이고 온화한 일굴 표정일 때는 석삲이 안도했고 험상궂은 표정일 때는 무섭다고 느꼈다. 그러면 거울에 비치는 것은 그런 식으로 받아들이는 누군가 타인의 얼굴인 걸까.

"……딱히 이상한 생각은 아니잖아요. 이 세상의 어떤 거울을 봐도 그곳에 드가의 얼굴이 비친다면 나는 그게 내 얼굴이라고 믿을 거 같아요. 딴사람들의 눈에는 전혀 다른 얼굴이 비친다는 건 생각도 못하고."

미술 선생님에게 제대로 말하지 못했던 것을 나는 온 종일 거울을 향해 말했다. 내 표정은 온화하고 호기심이 가득했고, 내 마음속에는 그에 대한 미술 선생님의 다정한 대답이 마치 그 선생님이 된 것처럼 생겨났다.

"오, S군은 그런 생각까지 할 줄 아는구나. 그림을 좋아하니?"

"네. 잘 알지는 못하지만요."

"잘 알지 못해도 괜찮아. 좋아한다는 게 중요하니까."

선생님의 대답에 나는 다시 소리 내어 응답했다. 특히 표정에 주의를 기울였다. 나는 타인의 눈으로 봐서 호감을 가질 만한 얼굴을 하고 있었지만 그건 타인인 내가 비쳐진 얼굴인 것이었다.

그 뒤로 날마다 드가의 자화상을 바라보고 거울을 마주한 채 한없이 가공의 대화에 빠져들었다. 처음에는 거울 앞에서 미술 선생님이 되었지만 나중에는 담임 선생님이며 반 친구들, 아버지 어머니와 형까지 다양한 사람이 되고 하다못해 누군지 알지 못하는 사람도 되었다.

나는 누구에게나 솔직하고 웅변적이었다. 희로애락을 분명하게 표현하고, 초등학생 때처럼 쾌활하게 웃었고 눈물이 날 때까지 화를 내보기도 했다.

머릿속으로만 생각하다 보면 앞뒤가 맞지 않더라도 애매하게 밀어붙이게 된다. 하지만 소리 내어 말할 때는 생각이 정리되지 않으면 말이 막혀버린다. 그러면 타인인 나는 자신을 향해 다시 질문을 던지는 것이다.

내가 뭘 하고 있는지 딱히 자각한 적은 없지만, 그래도 그 연습된 대화의 축적은 현실에서 타인과의 관계를 회복시켜주지 않을까 하는 마음이 있었다.

나는 정말로 다정하게 거울 속의 내 이야기에 줄곧 귀를 기울였다. 내 눈은 그때만은 전혀 멍하지 않았고, 최대한 찬찬히 보고 정확히 생각하려 했다.

그렇게 두 달쯤을 보낸 어느 날, 학교에서 돌아온 나는 미술 선생님이 주신 드가의 자화상 포스터가 갈기갈기 찢겨져 바닥에 버려진 것을 발견했다. 형의 짓이었다. 거

올을 상대로 혼잣말을 하는 것이 어느 샌가 가족들 사이에 비웃음거리가 되었던 것이다.

처음에는 조각나버린 얼굴의 단편들을 주워 모아 어떻게든 수복해보려고 했다. 하지만 그 참혹한 모습에 중간에 단념했다.

내가 아버지를 두들겨 팬 것은 그다음 날이었다.

서바이벌 나이프를 배낭에 넣어둔 채 나는 드가의 자화상 실물을 응시했다. 그러자 시야가 맑아졌다.

인쇄한 포스터는 유화 물감의 미세한 요철이 없는 만큼 더 거울 같았다는 걸 알았다. 실물은 니스의 반사도, 실금이 간 것도 진짜 피부 같고, 한층 더 물질로서 유화 그 자체이면서 동시에 직접적으로 얼굴 같았다. 그것은 그림으로 그려진 얼굴이었지만, 그림으로 보일 때는 얼굴이 보이지 않고 얼굴로 보일 때는 그림이 보이지 않는 것이었다.

어느새 나는 그 스물두 살의 드가보다 더 나이가 들어서, 예전에 저 멀리 보였던 나 자신의 미래는 이제 상실

되어가는 머나먼 과거의 흔적인 것만 같았다.

그날 나는 '계획'을 실행에 옮기지 못한 채 기획 전시회 굿즈 매장에서 드가의 자화상 엽서 한 장을 사들고 집에 돌아왔다. 포스터는 팔지 않고 있었다.

나이프가 든 백팩을 방바닥에 내려놓고 침대에 벌렁 누워서 한참동안 멍하니 손거울을 들여다보듯이 그 그림 엽서를 보았다.

그러고는 문득 생각나서 중학교 때의 그 미술 선생님 이름을 인터넷으로 검색해보았다. 그 선생님의 풀네임을 나는 아직 기억하고 있었다.

검색 결과의 가장 위쪽에 나온 것은 전직轉職 사이트의 인터뷰 페이지였다. 동성동명의 다른 사람인가 했는데, 올리온 기사를 보니 틀림없이 그 선생님이었다. 2년 전 기사였지만, 어느새 미술 교사는 그만두고 지금은 패션 잡지 등의 일러스트레이터로 일하는 모양이었다.

머시룸 컷의 머리를 밝게 염색했고 귀에는 큼직한 금색 피어싱을 달았다. 화장도 하고 있어서 그때보다 나이가 들었지만 표정은 딴사람처럼 환했다.

인터뷰에는 짧게 편집한 동영상도 함께 올라와있었다. PC로 재생해보다가 전직을 하게 된 계기를 말하는 장면에 접어들었을 때 나는 저절로 눈이 휘둥그레졌다.

—그러면 교무실에서의 인간관계 외에는 교사 생활에도 딱히 불만은 없었군요?

—네, 그랬죠. 다만 뭔가를 가르치는 데는 아무래도 소질이 없다고 생각했어요. 미대에서 좌절감을 느끼면서 표현자로서의 길은 포기했지만, 애초에 미술에 거의 관심이 없는 아이들을 어떤 식으로 이끌어가야 할지 항상 고민이 많았습니다.

—전직을 결심하게 된 계기가 있었나요?

—어느 날, 미술실에서 한 남학생이 드가의 자화상을 보고 있었어요. 그리 눈에 띄지 않는 학생이었는데, 그때는 정말로 홀린 듯이 그 복제 포스터를 보고 있더라고요. 그 뒷모습에 우선 감동했습니다. 근데 그 학생이 내가 와 있는 걸 알았고, 얘기 끝에 '왜 자화상은 정면이 아니라 비스듬한 각도로 그리느냐'고 질문을 했어요.

—각도라고요?

—자화상은 이렇게 몸을 4분의 3쯤 비스듬히 돌리고 얼굴만 이쪽을 향하고 있는 그림이 많거든요. 거울을 보면서 그리기 때문인데요, 그 남학생은 '자신을 정면으로 바라볼 용기가 없기 때문'이 아니냐고 했어요. 나는 그 말에 왠지 가슴이 덜컥했어요. 아주 진지한 느낌의 말이었고, 그리고 어쩐지 내 얘기인 듯한 마음이 들더군요. 그래서 실제로 자화상을 그릴 때 캔버스와 거울의 위치 같은 걸 설명해주긴 했는데, 그 학생의 내면에 있는 그런 미술에 대한 관심을 전혀 알지 못해서 여태껏 이끌어주지 못했구나 싶어서 좀 우울해지더라고요. 역시 교사로서는 소질이 없구나 하고요.

—그러셨군요.

—그런데 그런 내 마음을 꿰뚫어본 것처럼 그 학생이 선생님은 원래 뭐가 되고 싶었느냐고 묻는 거예요. '미술 선생님이 아니라 다른 걸 하고 싶었던 거 아니에요?'라면서요.

—오, 예리하네요.

—정말 그렇죠? 근데 그 학생의 얼굴이 정말로 순수했

어요. 아주 올곧고 맑은 눈빛으로 그렇게 묻는데, 아, 내 인생이 이대로 흘러가는 건 잘못이구나 하고 그때 실감 나게 깨달아서…….

동영상은 선생님이 일러스트레이터가 되기까지 구체적인 얘기로 이어졌지만, 나는 거기서 일단 정지하고 잠시 멍해져 있었다. 심장이 쿵쾅거렸다. 다시 한 번 그 부분을 재생해 선생님의 얼굴을 들여다보았다.

나는 '미술 선생님이 아니라 다른 걸 하고 싶었던 거 아니에요?'라는 식으로 말한 적은 없었다. 그 선생님의 자문자답이 아마도 기억 속에서 내가 했던 말이 되었을 터였다. 내 얼굴이 그렇듯 '순수'하고 '맑은 눈빛'이었다는 것도 기억의 가필일 것이다. 그 질문을 했을 때, 나는 결코 '순수'하지는 않았다. 그리고 선생님은 내게 잠깐이나마 거부적인 태도를 보였다. 그렇기 때문에 자신의 기억을 좀 더 바람직하게 바꿔버렸을 것이다.

하지만 그 반대인지도 모른다고 생각했다. 기억을 변조한 것은 내 쪽이었던 게 아닐까.

그 선생님은 나를 거울로 삼아 자신의 얼굴 위에 하

나의 자화상을 그려냈다. 내가 드가의 자화상을 내 얼굴처럼 착각한 것과 마찬가지로 나에게 드러난 '순수'를 자기 자신에 투영한 것이었다. 그리고 나는 어떤가 하면, 화면 위에 정지한 선생님의 그 얼굴을 거울처럼 들여다보고 있었다. 나는 거기에서 십대 때의 내 얼굴을 보려 하고 있었다. 선생님의 환한 웃음 속에 그때의 나 자신의 '정말로 순수'한 얼굴이 나타나고, 거울처럼 지금 이 순간의 내 얼굴이 그렇다는 착각에 젖으려 하고 있었다. 왜냐하면 인간은 시각만이 아닌 뭔가를 보고 있을 테니까.

나는 다시 드가의 자화상 엽서를 보았다. 거울처럼 내 얼굴을 비쳤을 터인 그것이 지금은 동시에 미술관에서 봤던 실물과 마찬가지로 결코 내가 아닌 드가 본인이었다.

나는 PC 모니터 위의 선생님을 향해 말을 건넸다.

"……거울 너머에서 화가가 나를 빤히 바라본다는 느낌도 들어요. 직접 마주한 게 아니라 거울 너머로. 그쪽 편에서 보면 거울에 내 얼굴이 비치는 걸까요. 드가는 자신의 얼굴을 그린다고 생각하면서 내 얼굴을 그렸던 게 아닐까요……."

　내 모순된 생각에 나는 더 이상 앞으로 나아갈 수 없었다. 그래서 이번에는 똑같은 것을 옛날처럼 거울을 향해 말했다. 듣는 역할인 나는 옛 미술 선생님으로서 거울 속의 나를 바라보고 있었다. 나는 지금의 그 선생님을 만나 얘기하고 싶은 것일까. 그런 다음에는 역시 거울을 향해 신주쿠 구청의 나카타 씨에게 '계획'을 연기하겠다고 알리고, 사형 신청에 대해 또 한 가지 생각난 의문점을 물어보았다.

　"3인 이상이면 누구든 상관없다고 할 경우, 이를테면 그렇다는 얘기지만 혹시 나의 중학교 때 미술 선생님이라도 괜찮습니까?"

　"물론입니다. 누구든 상관없는 거니까요."

　"하지만 나는 그 분은 제외하는 게 좋다고 생각하는데요."

　"그럼 다른 분으로 해주세요. 누구든 상관없습니다. 3인 이상이기만 하면 돼요."

　"하지만 그렇게 되면 누구든 상관없다, 라는 것과는

모순되잖아요. 선택을 하는 거니까요."

"누구든 상관없다는 것은 신청을 받은 우리 쪽, 즉 국가 쪽의 문제니까 신청자인 S씨 측에서 누구를 살해할지에 대해 어떤 선택을 하시든 전혀 상관이 없다, 라는 뜻이에요."

"그렇군요……. 제가 오해를 했었는지도 모르겠네요. 근데 무차별 살인이라면 역시 나와 관계가 없는 사람이어야겠지요? 관계가 있는 사람이면 무차별인 게 아니니까요. 하지만 그렇게 되면 지인은 피할 것이고 그 또한 무차별이 아니게 돼요. 지인이라도 무차별적으로 살해한다, 라는 뜻일까요?"

"그 해석에 대해서는 다양한 견해가 있을 테니까요, 저희 창구에서는 꼭 어떻다는 말씀은 드릴 수 없습니다. 아무튼 신청을 하기 위해서는 3인 이상이기만 하면 누구든 상관없다는 거예요."

그날부터 드가의 자화상을 바라보며 거울과 나누는 대화를 재개했다. '계획'은 실행할 작정이었지만 미술 선생님을 살해 대상에 포함해도 될지 말지, 나는 혼란을 자각하고 있었다. 그래서 거울을 향해 그 선생님에게 살해해도 괜찮은지 직접 물어봤지만 그럴 때의 표정을 만드는 게 너무도 어려웠다. 게다가 선생님은 다시 나에게 거부적인 태도를 취했던 것이다.

생각해보니 거울 너머의 대화는 나를 타인으로서 바라보고 그 보여지는 나를 내게로 통합하는 훈련이었다.

나는 드가 본인과 거울에 비친 드가, 그리고 드가의 자화상이라는 삼각형 사이를 계속 빙빙 맴돌고 있었다.

나는 나카타 씨도 미술 선생님도 아닌, 누구라고도 할 수 없는 타인으로서 거울 속의 나를 바라볼 때, 저건 대체 누구인가 하고 생각하게 되었다.

처음에는 그런 나 자신을 '순수한 타인'이라고 이름 붙였다. 하지만 그걸 '누구든 상관없는 타인'이라고 바꿔보자 다시 그 '누구든 상관없는'이라는 말 때문에 좌절해버렸다.

대체 그건 누구인가. 내가 거울을 마주하고 자유롭게 이야기할 때, 그 말에 한없이 관대하게 귀를 기울여주는 사람은 나에게는 이상적인 타인이다. 나카타 씨는, 그럴까? 그 한편에서 우리 가족처럼 내 말을 일절 거부해온 타인들도 있다. 내 경험으로 보면 이 세계의 대부분은 그런 타인들이고, 나를 사형에 처하는 '국가'는 그들의 것이었다.

그런데 나는 그 미술 선생님에 대한 것을 고민했다. 선생님은 내가 현실 세계에서 만났던 거의 유일한 이상적인 타인이었다. 하지만 그 선생님에게 선생님을 살해할 '계획'을 얘기했을 때, 그 반응은 나카타 씨와는 전혀 다른 것이었다.

나는 다시 드가의 자화상을 보았다. 화가는 누구를 위해 자화상을 그리는 건가. 그것을 보게 될 사람은 '누구든 상관없는' 것일까.

타인과 현실 세계에서 접할 때, 나는 그들의 자화상을 마주하는 것이라고 생각했다. 나도 거울에 비친 나 자신의 모습을 타인 앞에서 재현하려고 했다. 거울에 비치는 나는 내가 미소를 짓기 때문에 미소 짓고, 찡그렸기 때문에 찡그리는 것이라고 당연하게 믿고 있었다. 하지만 사실은 그 반대일까. 거울 속의 내가 미소 짓기 때문에 타인인 나도 미소 짓는 것인가. 그건 동시인 것인가. 나로서는 그 메커니즘을 알지 못했다. 다만 나의 메커니즘이 고장났다는 것만은 알 것 같았다. 타인 앞에서 내가 미소를 지으면 상대도 미소 짓고 상대가 미소를 지으면 나도 미소 짓는 것일까. 이런 당연한 일을 알지 못하는 건 내 인생이 전혀 그렇지 않기 때문이다. 내가 미소 지어도 아무도 내게는 미소를 돌려주지 않았다. 상대가 미소 지을 때조차 나는 그저 최대한 그걸 멍하니 바라보려고 노력했다.

나카타 씨는 변함없이 사형을 받기 위해서는 '누구든 상관없으니' 3인을 살해하면 된다는 말을 되풀이하고 있다.

어느 날 나는 그 '3인'이라는 숫자에 새삼 소스라치게 놀랐다. 번개를 맞은 듯한 충격이었다. 결국 그것은 의도치 않게도 우리 가족의 숫자였던 것이다. 아버지, 어머니와 형. 그 3인을 죽이면 나의 사형 신청은 무사히 처리될 것이다. 하지만 그건 너무도 뻔하게 맞아떨어지는 얘기고, 게다가 전혀 본의가 아니었다. 나를 이렇게까지 망가 뜨린 건 그 세 사람인 것이다. '순수한 타인'이란 그 세 사 람의 정반대여야 하지 않을까. 학대받은 아이가 그 가족 을 죽인다. 내가 사형을 받고 이 세계에서 4명의 인간이 깨끗이 소멸한다. 그건 단순한 개인적 원한의 사건으로 이해되고, 국가는 아무 의심도 없이 단지 귀찮다는 듯 나 를 사형에 처할 것이다. 그건 나의 애초 '계획'과는 전혀 다른 것이었다. 나의 '계획'은 좀 더……, 하지만 그렇다 면 나는 누구를 죽이는 것인가…….

그렇게 대화를 하는 동안에 나는 '계획'을 단념하기로 결단을 내렸는가? 아니, 아니었다. 다만 생각할 게 너무 도 많아서 뒤로 미뤄둘 수밖에 없었다.

A에서 무차별 살상사건이 일어난 것은 마침 그런 때 였다.

그날은 일도 쉬고 오후까지 집에서 빈둥거렸다. 그러 다가 인터넷으로 사건 속보를 알았고, 결국 한밤중까지 텔레비전 화면을 뚫어져라 지켜보았다.

내 '계획'과는 장소나 방법이 전혀 달랐는데도 그 사건을 마치 내가 일으킨 것처럼 가슴이 계속 쿵쾅거렸다. 내 집에도 수사를 위해 경찰이 들이닥칠 것 같아서 해가 진 뒤에도 전기 불을 켜지 못했다.

'대량 전시'라고 적힌 붉은 간판 앞에서 우르르 달려든 경찰에 짓눌려 아스팔트에 납작 엎드린 범인을 보고 나는 그 맨땅의 아픔을 내 관자놀이에 느꼈다. 범인은 안경을 썼고 흰 재킷 차림이었다. 이마에서 피를 흘리며 방심한 듯한 표정이었다. 그가 비스듬한 각도로 보고 있는 맨땅과 올려다본 푸른 하늘을 나도 내 눈으로 보았다. 그건 지금도 내 기억 속에 낙인으로 찍혀 있다.

수많은 구급차가 사이렌을 울리며 쇄도하고 일대는 온통 구급대원들로 뒤덮였다. 피투성이로 쓰러져 누운 사람을 에워싸고 "괜찮아요, 괜찮아요!"라고 필사적으로 말을 건네주는 사람들이 있었다. 그들은 거울 속에서 고통스러워하는 나를 구해내려는 것처럼 온힘을 다해 구명조치를 했다. 모두가 프레임 달린 네모난 거울 같은 자화상을 둘러쓰고 그 프레임을 서로 맞부딪혀가며 서로를 비춰내고 동화하고 연동하고 있었다. 사람이 고통스러워하고 그 얼굴도 고통스럽게 일그러지고 그들을 구해주려는 사람의 얼굴도 일그러졌다. 죽을 것 같은 사람도 멀쩡한 사람도 모두 똑같고, 또한 똑같지는 않을 터였다. 살해된 그들은 누구든 상관없었던 자들이겠지만, 구해주려는 사람들도 또한 누구든 상관없었던 것이다. 하지만 나였어도 괜찮았을까. 나는 시야를 멍하니 흐릿하게 만들려고 했지만 어떻게 해봐도 되지 않았다. 거울을 꺼내 내 얼굴을 보았다. 바로 지금 이때에는 누가 되었다는 마음으로 봐야 좋을지 곤혹스러워하면서…….

그날부터 이 사건을 분석하는 텔레비전 패널들의 따분한 수다가 한없이 이어졌다. 내가 '계획'을 실행에 옮긴 뒤에 저런 자들이 대략 엉뚱하기 짝이 없는 소리를 떠들어대며 만족하는 장면을 상상하자 참을 수 없는 기분이었다. 나는 지독히 몸이 안 좋아져서 아마 그대로 실신해버린 모양이었다. 정신이 돌아왔을 때는 아침이었지만, 내가 어떻게 의식을 잃었는지 아무리 되짚어 봐도 생각나지 않았다.

그 뒤로도 사건 영상을 수없이 재생해보았고, 이윽고 의미 포화 상태에 빠져 대체 뭘 보고 있는지 알 수 없어서 그냥 방 안에 틀어박힌 채 일하러 나가지도 않고 멍하니 지냈다.

나카타 씨는 거울 속의 내게 "그 분은 별다른 문제없이 사형 신청이 수리될 것입니다"라고 말했다.

그 얘기를 전해준 미술 선생님은 "끔찍한 사건이야, 정말"이라면서 얼굴을 찌푸렸다. 그리고 "미술관에 가서 그림을 보고 와. 이런 때 그림 보는 취미가 있으면 우울함도 잊혀진단다"라고 태평한 조언을 해주었다.

내가 그 범인에게 품은 감정에 질투심이 없었다고 한다면 거짓말이 될 것이다. 그 고통에서 달아나고자 나는 그를 증오했다. 바보 멍텅구리 같은 놈이라는 경멸의 감정이 점점 커져갔고, 점차로 '계획'에 대한 혐오감도 커져갔다. 그때마다 나는 다시 멍해지려고 애를 썼지만, 생각하기 시작하면 어떻게 해봐도 머릿속이 맑게 벼려져서 타인의 얼굴도 내 얼굴도 또렷하게 보이고 마는 것이었다.

리먼 쇼크 이후 나는 실직해서 한동안 노숙자로 지냈다. 그렇게 되자 '계획'을 실행할 힘마저 잃고 말았다.

최종적으로 '계획'을 완전히 포기해버린 것은 동일본 대지진이 일어났을 때였다. 나는 드디어 지긋지긋해져서 나카타 씨에게 사형 신청을 하지 않겠다고 말했다. 그녀는 단지 "네, 그러시다면 그렇게 하셔도 괜찮습니다"라고 무관심한 말투로 나와의 대화를 종료했다.

그로부터 십여 년이 지났지만 내 인생이 크게 호전된 것은 아니다. 나는 빌딩이며 공원의 공중화장실 청소업자로 일하고 있다. 여전히 셜코 충족되지 않는 평행 세계에서 살고 있지만, 출구가 없다면 결국 그건 평행 세계라고 할 수 없는 것이리라.

다만, 연습한 보람이 있었는지 환하게 웃는 얼굴로 나와 재미있게 대화해주는 사람이 이제는 최소한 3인은 있다.

'계획'에 대한 얘기는 아무에게도 한 적이 없다. 애초부터 진짜로 실행할 마음이 없었던 거 아니냐고 한다면 뭐, 전면적으로 동의한다. 진짜로 그런 일을 벌이기로 결심했던 인간으로는 계속 살아갈 수 없을 테니까.

범죄 통계에 따르면 2003년 이후, 일본에서는 흉악범죄를 포함해 범죄 인지 건수가 계속 저하의 길을 걷고 있다고 한다.

A사건의 범인은 최근에 사형이 확정되었지만, 이미 사회에서는 아무 관심도 없었다. '국가' 측에도 아무런 여파가 없었다.

그 당시 훨씬 더 끔찍한 사건이 또 한 건 일어났을 터였다는 것도, 그게 아슬아슬한 참에 일어나지 않고 넘어갔다는 것도 통계에는 잡히지 않는다. 결국 아무 일도 일어나지 않았고, 일어나지 않은 일이 왜 일어나지 않았는지 따져볼 이유도 없을 것이다. 0이라는 숫자는 시간의 어딘가에서 1이었을 수도 있지만, 그러나 0인 것이다.

나 혼자서만 줄곧 생각하고 있다. 중학교 3학년 때의 어느 날, 미술실에서 드가의 자화상 포스터에 눈길이 가지 않았다면 어떻게 되었을까, 그때 미술 선생님이 말을 건네주지 않았다면 어떻게 되었을까, 하고.

손재주가 좋아

돌이켜볼수록 어머니는 감정 표현에 서툰 사람이었다. 결코 나쁜 사람은 아니었는데 남을 칭찬해줄 줄 몰라서, 어린 시절에는 차갑다고 느껴지는 일도 있었다. 시험 점수를 잘 받아와도, 달리기에서 일등을 해도, 그 말을 들은 어머니의 반응은 무덤덤하기만 했다. 아버지와 잘 풀리지 않았던 것도 첫 번째 이유는 그런 점 때문이었던 게 아닐까 싶다.

어머니의 그런 면을 냉정하게 바라본 사람은 외할머니였다. 어머니는 아마도 어린 시절부터 그런 느낌의 사람이었던 것이리라.

외할머니는 내게 다정했다. 같은 집에서 살았기 때문에 어머니에게서 못 받은 칭찬을 외할머니가 그만큼 넘치도록 메워주었다.

외할머니는 유복하고 대범하고 기품 있는 분이었다.

내가 초등학교 2학년 때쯤의 일이었다. 어느 날, 외출하기 위해 옷을 갈아입은 외할머니가 나를 불렀다.

"도모미, 잠깐 이리 와서 할미 좀 도와주겠니?"

그때 거실에는 어머니도 있었다.

"내가 진주목걸이를 걸고 나갈 건데, 여기 목뒤에서 도모미가 좀 채워줄래? 우리 도모미는 손재주가 좋잖아."

진주라는 것을 나는 그때 처음으로 봤다. 아름다웠다. 은은하게 무지갯빛을 띤 백은의 구슬 안에 희미하게 내 모습도 비쳤다.

"이건 내 보물이란다. 어때, 할 수 있겠니? 이 고리를 풀어서 여기에 끼우는 거야."

"응, 해볼래요."

외할머니는 의자에 앉아 내게 등을 돌리고 가만히 있었다. 약간 더듬거리기는 했지만 나는 어떻든 목걸이 고리를 끼워드렸다.

"고맙구나, 아주 잘했어. 우리 도모미는 역시 손재주가 좋다니까."

감사인사를 받고 나는 흐뭇했다. 아이가 어릴 때는 어른이 소중하게 간직하는 물건에는 대부분 손도 대지 못하게 하기 마련인데 외할머니가 자신의 '보물'을 짧은 시간이나마 내게 맡겨준 게 기뻤다. 게다가 외할머니가 나를 '손재주가 좋은' 아이라고 생각해준 것도. 나는 그 기대에 부응했던 것이다.

　실제로는 딱히 '손재주가 좋은' 편도 아니었을 것이다. 외할머니가 나를 찬찬히 관찰한 끝에 정말로 그렇게 생각한 것인지 아니면 그저 별 생각 없이 말했던 것인지, 혹은 늘 마음속에 섭섭함이 있었던 내 자존심을 세워주려고 일부러 해준 말인지, 그건 알지 못한다. 아무튼 나는 외할머니에게 '손재주 좋은' 아이였고, 그 뒤로는 바느질할 때 바늘구멍에 실도 꿰어드리고 함께 지승紙繩 공예도 하면서 외할머니를 자주 도와드리게 되었다.

　그리고 나도 어느 샌가 외할머니의 말을 굳게 믿었다. 학교에서도 '손재주'가 필요한 일이 있으면 솔선해서 손을 들었다. 공작시간이 재미있어졌고 반 친구들에게도 '손재주가 좋다'는 말을 듣게 되었다. 내 성격이 활발해진 건 그 무렵부터였다. 지금 어패럴 기업에서 패터너로 일하고 있는 것도 그 근원을 따져보면 외할머니의 그 한마디 덕분일 것이다.

외할머니의 죽음은 내게 큰 상실감을 안겼다. 초등학교 졸업식에 꼭 참석하고 싶다고 하셨는데 6학년 여름 끝물에 갑작스럽게 돌아가셨다. 졸업식에는 그래서 어머니만 참석하게 되었다.

졸업식 날 아침, 옷을 갈아입던 어머니가 나를 불렀다.

"도모미, 목걸이 좀 채워줄래?"

나는 어머니의 손 안에 있는 진주목걸이를 가만히 바라보았다. 외할머니의 유품이었다.

"응."

등 뒤로 돌아가 머리채를 쓸어 올린 어머니의 목덜미를 보았다. 뭔가 노골적이고 무방비한 것이 그때 처음으로 내 눈에 닿은 느낌이었다. 귀밑머리를 건드리지 않게 조신조심 고리를 끼워주자 어머니는 고맙다고 감사인사를 하고 짧게 덧붙였다.

"도모미는 역시 손재주가 좋구나."

과장스러운 웃음도 없이 조용한 말투였지만, 나는 어머니도 그렇게 생각하고 있었나 하고 역시 흐뭇해졌다.

외할머니에게서 뭔가 한 마디 들었던 것일까. 아니면

"손재주가 좋아"라고 항상 나를 칭찬해주던 외할머니의 모습을 보면서 혼자 생각하는 바가 있었던 것일까.

중학생이 되자 어머니와 자주 요리를 함께하곤 했다. 나는 이미 어머니에게도 '손재주 좋은' 아이였다. 그렇게 생각해주는 관계를 망가뜨리고 싶지 않아서 감자 껍질을 벗길 때도, 생선을 반으로 갈라 가시를 뺄 때도, 최대한 능숙하게 하려고 노력했다. 어머니는 여전히 오버 리액션에는 젬병이었지만 그래도 "도모미는 역시 손재주가 좋구나"라고 칭찬해주었다.

이제는 이미 외할머니도 어머니도 안 계시지만 나에게는 딸이 하나 있다.

바로 며칠 전, 초등학교 입학식이었다. 아침에 나는 얼마 전에 새 줄로 바꿔온 진주목걸이를 손에 들고 딸아이를 불렀다.

"이 목걸이, 엄마 혼자 못하니까 히나가 뒤에서 채워줄래? 우리 히나는 손재주가 좋잖아."

그렇게 말하자 딸아이는 "응, 그래!" 하고 호기심을 드러내며 진주알을 홀린 듯 바라보았다.

"네 외증조할머니가 소중히 간직하시던 보물 목걸이
야."

딸아이는 신이 난 듯 작업에 들어갔다. 그 진지한 표정
을 등 뒤로 상상하며 나는 그때의 외할머니, 그리고 어머
니의 심정을 생각하고 있었다.

스트레스 릴레이

루시는 영웅이다. 하지만 그녀는 그걸 알지 못했고, 주위의 어느 누구도 그렇게 생각하지 않았다. 즉 그녀는 문학의 대상이자 소설 주인공의 자격을 당당히 갖추고 있는 것이다.

그녀의 영웅성을 보여주는 이야기는 어디서부터 시작하든 자의적이겠지만, 일단은 2주일 전의 시애틀로 거슬러 올라가는 게 좋을 것이다.

1

고지마 가즈히사는 루시와는 아무 인연도 없고 관계도 없는 사람이다. 평생 얼굴 마주할 일도 없고, 어딘가에서 우연히 마주치더라도 서로 보는 둥 마는 둥 스쳐지나갈 게 틀림없다.

하지만 추적 가능한 범위 안에서는 이 이야기의 발단에 매우 적합한 인물이다.

그는 기계회사의 사원으로, 올해 마흔네 살이다. 5년 예정의 시애틀 주재원 근무도 이제 1년 남짓 남겨둔 타이밍에, 긴히 할 얘기가 있다는 본사의 호출을 받고 갑작스럽게 일시 귀국한 길이었다. 호출 이유는 확실하게 통지해주지 않았다. 그러나 어차피 인사에 관한 얘기일 터라서 이래저래 생각하기 시작하면 마음이 무거웠다. 아니면 혹시 그 얘기인가, 하고 자신이 은근슬쩍 감춰온 사안 몇 가지가 마음에 짚이지 않는 것도 아니었다.

오전 11시 출발 비행기여서 아침 8시 반에 자택에서 시애틀 타코마 국제공항까지 직접 차를 몰고 왔다. 아내와 중학생 딸아이는 그대로 집에 남았다.

도중에 옛날 일본계 이민들이 '타코마 후지'라고 부르며 고국을 그리워했다는 마운틴 레니에를 바라보며 여느 때 없이 감상적인 기분에 빠졌다.

산밤에는 밀린 일을 처리하느라 자정을 넘겨 오전 2시까지 잠을 못 잤다. 기내에서 눈을 붙일 생각이었지만, 급한 호출이라 이코노미 3인석의 한가운데 좌석뿐이어서 고생길이 될 게 뻔했다.

잽싸게 탑승 수속을 마치고 세관을 통과한 뒤에야 그는 비행기가 한 시간 지연이라는 것을 알았다. 하필 라운

지도 이용하지 못하는 이런 날에, 라고 일부러 험한 영어로 혼잣말을 흘렸다. 탑승구도 변경되어 한참을 걸어야 했다.

캐리어를 돌돌돌 끌면서 본사에서의 얘기에 따라서는 남은 일 년을 아무래도 재미있게 보내기 어렵겠다고 생각했다.

록 음악이 좋아서 예전부터 미국 생활에 동경심을 품었고, 취임하자마자 곧장 혼자서 교외의 그린우드 메모리얼파크에 있는 지미 헨드릭스 묘지를 찾아갔다.

묘비 자체는 의외로 작았지만 돔 형태의 영묘에 에워싸였고 벽면의 초상화에는 무수한 키스 자국이 남겨져 있었다. 그걸 보고 역시 미국이구나, 하고 감동해서 페이스북으로 사진을 공유하며 일본의 예전 밴드 동료들에게 부러움을 샀던 게 새삼 그리운 추억으로 떠올랐다.

아마도 해외 근무는 이번으로 끝이겠지만, 일본의 쇠락한 꼴은 밖에서 보면 우울해질 정도여서 주재원들과 술자리를 가지면 저절로 우국토론이 되곤 했다. 아내도 딸아이도 미국에서의 생활을 마음에 들어 해서 이번의 일시 귀국에 불안한 예감을 품고 있었다.

직장을 바꿔서라도 미국에 남을 방법을 고민해봐야 하는 건가…….

탑승까지 아직 두 시간 반이나 남아서 고지마는 중간에 푸드 코트에 들렀다. 카페 앞에 세 팀이 기다리고 있어서 그는 멀찌감치 메뉴 표시판을 살펴보며 맨 끝에 줄을 섰다.

그런데 몸집도 큼직한 웬 백인 여자가 말도 없이 그를 밀쳐내며 앞으로 끼어들었다. 갑작스러운 일에 당황해서 뒤에서 급히 말을 건넸다.

"아, 미안한데요, 줄을 서야 합니다."

하지만 여자는 돌아보지 않았다. 다시 한 번 말해봤지만 역시 깨끗이 무시해버렸다. 불끈 화가 났지만, 혹시 청각장애인인가 하고 앞으로 돌아가 몸짓을 섞어 설명했다.

"이봐요, 미안하지만 내가 먼저 와서 줄을 섰어요."

앞쪽에 서있던 남자가 놀란 듯 돌아봤지만 그래도 여

자는 눈조차 맞추려 하지 않았다.

그렇게 되니 어쩔 도리가 없었다. 기껏해야 커피 사는 순서쯤에 뭘, 이라고 생각할 여유도 없이 고지마는 왠지 극심하게 화가 났다. 점원이 이 실랑이를 봤는지 어떤지는 모르겠지만 "그다음 분!"이라고 부르자 여자는 아무일 없다는 듯 쪼르르 다가가더니 표정이 홱 변해서 그야말로 부드러운 웃음과 함께 크림이 듬뿍 얹힌 아이스라테를 주문했다.

탑승 편은 그 뒤에도 지연을 거듭하다 결국 네 시간 늦게 출발했다. 그 시간을 혼자서 묵묵히 보내야 했던 고지마의 울분은 피로와 맞물려 엄청나게 팽창했다. 하지만 그 분노는 어쩐지 힘이 없고 가슴 속에서 언제까지고 떨쳐 일어나지 못할 듯한, 극심한 편치고는 무력한 것이었다.

기내에는 역시 일본인이 많았고 안내방송도 영어와 일본어여서 그것에 안도하는 자신을 깨달았다.

대체 그 여자는 왜 그랬을까. 안전벨트 사인이 꺼지자

조심스럽게 등받이를 눕히고 팔걸이에 겨우 걸칠 정도만 팔꿈치를 짚고 눈을 감았다. 그 여자의 인격적인 문제였을까. 오늘 우연히 기분이 안 좋았던 걸까. 아니면 역시 아시아인이라고 차별한 건가……. 뭔지 알 수 없었다. 이런 정도의 일에도 확신을 갖지 못하는 자신의 미국 생활 4년을 되돌아보았다. 동영상이라도 찍으면서 좀 더 강력히 항의했어야 하지 않을까. 지금이라면 그럴 때 쏘아붙일 말들도 술술 떠오르는데.

열한 시간의 비행 끝에 하네다 공항에 도착한 것은 저녁 7시경이었다. 기내에서 거의 눈을 붙이지 못해서 영화를 세 편이나 봤고 업무 메일에도 연달아 답장을 보냈다.

머리가 멍해질 만큼 피곤했지만 그보다 가슴속에 똬리를 튼 분노가 시간이 갈수록 증식해서 혈류를 타고 온몸 구석구석까지 퍼져버린 느낌이었다. 물론 열도 없었고 어딘가 몸이 안 좋은 것도 아니었기 때문에 검역 담당은 그가 시애틀에서 매우 성가신 '스트레스'를 국내로 들여온 것 따위는 알 도리도 없었다.

고지마는 허술한 기내식 탓에 배가 고플락 말락 하는 느낌이었지만, 수하물 레인에서 캐리어를 찾자 일단 공항 내 메밀국수집으로 향했다. 메밀국수보다는 그 위에 얹힌 튀김이 간절히 먹고 싶었다.

가게 안은 손님들로 붐벼서 큼직한 캐리어는 입구 쪽에 맡겼다. 맨 끝 테이블에 자리를 잡고 앉자 유니폼에 에이프런 차림의 젊은 여점원이 주문을 받으러 왔다.

"맥주 한 병하고 튀김 메밀."

"죄송합니다, 튀김 메밀국수는 다 떨어졌어요."

"에이, 뭐야, 튀김이 먹고 싶었는데……. 됐어요, 그럼 여기 이 오리고기 메밀로 줘요."

"알겠습니다. 잠시만 기다려주세요."

숏커트 머리에 약간 어물어물하는 그 점원을 고지마는 어째 시원찮다고 생각하며 올려다보았다.

맥주는 아무리 기다려도 나오지 않았다. 휴대전화 배터리도 다 되어가고, 괜히 화가 뻗쳐서 생각하려 하지도 않았는데 또 다시 타코마 공항에서 새치기당한 일이 떠올랐다. 자신을 무시한 백인 여자가 샐샐 웃으며 점원과 얘기하던 표정이 자꾸만 머릿속을 스쳤다. 기다리다 못해 맥주를 재촉하려고 조금 전의 점원을 부르려는 순간, 그 아가씨가 다른 테이블에서 튀김 메밀 주문을 받는 게 눈에 들어왔다.

"여기요, 미안한데, 맥주는 아직이에요? 그리고 튀김 메밀, 떨어진 거 아니었어요?"

고지마는 눈빛으로 채근하며 물었다.

"아, 그게…… 죄송합니다."

아가씨는 혼이라도 난 것처럼 그 자리에서 바짝 굳어버렸다.

"아니, 죄송할 일이 아니라, 튀김 메밀 아직 있어요?"

"……잠시만 기다려주세요."

짐원은 급히 수방으로 확인하러 갔다가 돌아왔다.

"죄송합니다, 이제 떨어졌다고 합니다."

"아니, 그럼 저쪽 손님은 어떻게 된 거예요?"

"죄송합니다, 딱 일 인분이 남아 있어서……."

"그럼 왜 나한테 안 줬어요? 아까 내가 먼저 주문했는데."

점원은 얼굴이 빨개져서 입을 꾹 다물어버렸다. 대체 이 아가씨는 왜 이렇게 맹한 건가. 어이가 없어서 고지마는 자신이 시애틀 공항과는 전혀 다른 상황에서 또 다시 상대의 침묵 앞에 어떻게 해볼 수가 없게 된 것을 의식했다. 그리고 여태껏 경험한 적이 없는 종류의 두통이 밀려와서 얼굴을 일그러뜨렸다.

주방 쪽에서 빨리 튀김 메밀을 내가라고 부르자 점원은 우물쭈물 눈치를 보다가 말했다.

"죄송합니다. 지금 저쪽 손님께 말씀드리고 오겠습니다."

"아니, 그것도 이상하잖아! 아, 그냥 됐어, 됐다고!"

고지마는 그만 나갈 생각으로 요란하게 의자 소리를 내며 벌떡 일어섰다. 그런데 여점원은 폭력을 휘두른다고 착각했는지 화들짝 놀라 뒷걸음질을 치다가 그 자리에서 울음을 터뜨려버렸다.

2

다케시타 료코는 아침부터 얼굴이 핼쑥했다.

평소와 똑같이 오이마치역에서 지하철을 타고 승객이 꽉꽉 들어찬 차 안의 출입문 쪽에 붙어 서서 눈을 감았다. 선 채로 잠이 들어버릴 것 같았지만 어차피 푹 잘 수 있을 리도 없고, 그저 잠깐이나마 눈을 붙이고 싶었다.

간밤에는 딸이 또 다시 미쳐 날뛰었다. 하네다 공항 메밀국수집에서 점원으로 일하는데, 튀김 메밀이 떨어졌다고 했더니 손님이 화가 나서 고함을 치며 나가버렸다고 한다. 어설프게 응대했다고 점장에게도 된통 혼이 난 모양이었다.

그녀의 딸은 '까나로운 아이'였다. 지금까지 살얼음판을 걷는 심정으로 딸아이가 할 수 있는 것과 할 수 없는 것을 이해하고 감정의 흔들림에 발맞춰가며 키워온 료코는 애초부터 접객 서비스 쪽은 힘들 거라고 예상했다.

그래도 자기 스스로 원한 일이었기 때문에 댓바람에 안 된다고는 하지 않았다. 일단 해보고 혹시라도 잘 해내면 그건 그 아이가 살아갈 가능성이 넓어진다는 뜻이기 때문이다. 실패로 끝난다면 그때부터 다시 길고긴 회복기가 필요하지만.

눈을 뜨고, 휴대폰에 빠져 있는 차 안의 사람들에게로 시선을 던졌다.

피곤함만 느끼지 않는다면 그 아이도 거의 남들처럼 살아갈 수 있다.

세상이 지금보다 조금만 더 여유가 있고 조금만 더 선량함을 베풀어준다면 그 아이는 결코 특이한 게 아닐 터였다.

딸아이의 성격적인 불균형을 알게 된 지도 벌써 십여 년이 지났다. 정확하게는 진단명이 나온 뒤부터라고 해야겠지만.

남들이 보기에는 과보호로 생각될 수밖에 없는 모녀 관계지만, 그런 비웃음을 사고 때로는 주의까지 받을 때마다 그녀는 반발하고 상처 입으며 어느 샌가 주위 사람들과의 관계도 희박해져갔다.

간밤의 일도 남들에게 얘기해봤자 어느 누가 제대로 들어줄까. 접객 서비스 일을 하다 보면 수준 낮은 손님도 더러 있지만, 무슨 폭력을 쓴 것도 아니고 오랫동안 고함을 친 것도 아니다. 나이가 스무 살이나 된 터에 부모에게 지나치게 어리광을 부리는 거 아니냐. 장본인인 그 손님도 자신이 고함치며 나무란 점원이 설마 밤 3시까지 어머니를 상대로 울고불고할 거라고는 상상도 못했을 것이다…….

그렇지만 그런 사람도 있습니다, 라고 말할 수밖에 없다.

애초에 지난 일주일쯤 점점 한계가 닥쳐오던 참에 큰 소리로 혼이 났기 때문에 딸은 그 자리에서 아무 생각도 못하게 되었다. 머릿속이 온통 불타서 없어지는 느낌이라고 언젠가 딸이 설명했다. 그래서 그럴 때는 그저 조용한 곳에서 쉬게 해주는 것밖에 다른 방법이 없었다.

지하철이 흔들릴 때마다 난간이 두 팔을 강하게 떠밀었다. 침대에 엎드려 자고 있길래 깨우지 않게 살금살금

나왔지만, 아무래도 걱정이 되었다. 오늘 하루, 근무 중에 급하게 연락이 오는 일은 없었으면 좋으련만.

그러고는 차창으로 고개를 돌려 멍하니 밖을 보면서 딸에게 고함을 친 남자에 대해 생각했다. 사십 대 중반쯤이었다고 한다. 나이도 먹을 만큼 먹은 사람이 튀김 메밀한 그릇을 못 먹었다고 점원에게 거친 목소리를 내다니, 대체 어떻게 생겨먹은 인간일까.

소원 중에는 결코 이루어지지 않는다는 걸 뻔히 알기 때문에 간절히 빌어볼 수 있는 게 있다.

료코는 그 알지 못하는 남자를 증오했다. 시애틀에서 갖고 온 스트레스는 그녀의 딸을 매개체로 삼아 이제 그녀에게 감염된 것이다. 그래서 이 아침의 모든 피곤함을 담아, 제발 죽어버려라, 라는 저주의 말을 몇 번이고 마음속에서 되풀이했다. 지금 이러고 있는 동안에 어딘가에서 죽어버렸으면⋯⋯. 그렇게 생각하니 조금쯤 마음이 편안해졌다.

아마도 죽음 그 자체를 바란 것은 아닐 터였다. 단지 이 세계에 처음부터 존재하지 않았더라면 좋았을 인간이라고 생각했고 이제부터라도 없어졌으면 하고 기원했다. 그렇게 된다면 딸에게도 그 소식을 알려줘야지……. 그 렇게 빌어본 순간, 그녀는 한 가지 생각이 떠올라 아연해 졌다. 어쩌면 그 남자 손님도 성격적인 불균형이 있는 게 아닐까.

시나가와역에서 한 차례 사람들에게 떠밀리다시피 플 랫폼으로 나갔다가 다시 차 안쪽 깊숙이 밀려들어갔다. 그녀가 은밀하게 한 인간의 죽음을 빌었다는 것을 알아 차린 승객은 없었다.

메시지 착신을 알리는 진동에 료코는 뺨이 바짝 긴장 하고 목덜미에 땀의 훈김을 느꼈다. 무시할 수도 없어서 마음을 굳게 먹고 휴대폰 화면을 들여다보았다. 하지만 딸에게서 온 것이 아니라 며칠 전에도 왔던 고등학교 동 창회 연락 담당자의 메시지였다.

'자꾸 연락드려서 죄송합니다! 동창회 행사장 예약을 위해 오늘 중으로 꼭 참석 여부를 알려주세요. 바쁠 텐데 재촉해서 미안!'

료코는 그 메시지를 읽고 '미안!' 뒤에 붙은 이모티콘을 지그시 노려보았다. 별반 친했던 것도 아니고, 졸업한 뒤로는 서로 연락도 없었던, 다만 그렇기 때문에 지금 마주한다면 상냥하게 서로 대화를 나눌 터인 옛 친구 중 한 명이었다.

그 순간, 료코는 그 겸손한 배려에 응한다는 게 지독히 귀찮게 느껴졌다. 어제까지는 답장을 해야겠다고 생각했었다. 하지만 이 연락에 대해 가능하면 자신의 불쾌감이 오해의 여지없이 분명하게 전해지기를 빌면서 답장 없이 메시지를 삭제해버렸다.

3

부동산회사 직원 데라다 가요코는 주당酒黨으로 유명하다.

그래도 젊은 시절에는 털털하니 두루두루 잘 어울리는 여직원이라고 다들 칭찬했었는데 나이 마흔을 넘어선 무렵부터는 무턱대고 두루두루 어울리라고 한다고 특히 젊은 부하직원들이 질색을 했다. 시대의 변화에 따른 것이기도 했다.

본인도 그건 자각하고 있었고, 독신이니 한가해서 그렇다는 말을 듣는 게 싫어서 요즘에는 집에서 홀로 술잔을 기울이는 일이 많아졌다. 그것도 코로나 와중에 익숙해진 습관이다.

하지만 그날 그녀가 갑작스럽게 네 명을 끌고 후쿠야마역 앞 이자카야로 향한 것은 어제부터 쌓인 스트레스 때문에 술이라도 마시지 않고서는 도저히 견딜 수 없었기 때문이다.

그녀는 다음 달에 열릴 예정인 고등학교 동창회의 연락 담당을 떠맡았다. 총무가 친한 친구여서 엉겁결에 도와주기로 한 것인데 별로 얘기해본 적도 없는 동창들에게 이 나이가 되어 갑작스레 연락을 취한다는 게 그리 쉽지 않았다. 특히 상대가 도쿄에 올라가 활약하고 있다는 소문을 들은 경우에는.

가요코는 고향 후쿠야마를 좋아해서 부속고등학교에서 입시를 치러 히로시마대학에 진학했다. 대학 졸업 후,

역시 후쿠야마에서 취직해 지금에 이르렀기 때문에 다른 현에 나가 살아본 적은 한 번도 없다. 그런 '고향 사랑'을 여태껏 자랑으로 여겨왔지만, 이번에 연락처에 적힌 잘 알지 못하는 동창들을 소셜 미디어로 검색해보고 그 생활 모습을—이라기보다 인생을— 바라보는 사이에 뭔가 기묘한 뒤숭숭함을 느꼈다. 어떻게 표현해야 할지 알 수 없었는데, 이거 아니냐고 누군가 콕 집어준 것처럼 '열등감'이라는 단어가 자꾸만 머릿속에 떠올랐다.

정중하지만 명랑한 투로 현 외의 여섯 명에게 보낸 메시지에는 의외로 곧장 전원에게서 답장이 왔다. 참석 가능한 사람은 두 명뿐이었지만, 그래도 꽤 괜찮은 결과였고 참석하지 못한다는 답장에서도 배려가 느껴졌다. 다만 딱 한 명, '일정을 확인한 뒤에 곧장 답하겠습니다'라고 답장이 온 뒤로 연락이 뚝 끊겼다. 가요코는 총무의 재촉에 두 번이나 메시지를 보냈고 어제는 마지막으로 확인 메시지를 보냈지만 결국 답장은 오지 않았다.

그 무시에는 바쁜 업무 중에 생긴 귀찮은 일에 대해 내보이는 짜증이 감출 수 없이 드러나 있었다. 가요코는 애써 신경 쓰지 않으려 했지만, 그 무시를 통해 감염된 스트레스는 하루가 지나자 오히려 증상이 더욱 심해져 있었다.

회식 자리에 함께해준 사람은 똑같이 술을 좋아해서 그날도 싫든 좋든 끌려나온 상사 요시오카, 그리고 예전부터 그녀가 밀어붙이면 못 이기는 척 응해주는 동기 사이토—그는 서둘러 아내에게 전화해 아이 입시 공부를 도와줄 수 없게 됐다고 양해를 구했다—, 거기에 이십 대 후반의 여직원 오다, 삼십 대 초반의 남직원 다시로가 따라왔다. 젊은 두 부하직원은 독신이었다.

요시오카와 사이토가 미리 얘기해둔 게 있었는지 1차는 거의 요시오카 혼자 떠들고 거기에 사이토가 맞장구를 쳐주며 즐겁게 두 시간 반을 보냈다. 아무래도 오늘은 가요코의 술주정이 심해질 것 같다는 눈치를 채고 요시오카가 선수를 쳐준 것이다. 그는 그런 상사였다.

하지만 술마시는 속도가 영 시원찮아서 가요코가 주문을 재촉하자 요시오카는 멋쩍게 웃으며 말했다.

"아니, 요즘 내가 옛날처럼 마시지를 못하게 됐어."

가요코는 놀랐지만, 어쩐지 자기만 홀로 뒤처진 느낌이 들었다.

그녀는 물론 그 정도로는 성이 차지 않아 다시 2차를 주장했다. 그러자 사이토는 연신 사과하며 은근히 거절했고, 여직원 오다는 딱 잘라 거절했다. 남직원 다시로도 그럴 생각이었는데 잠깐 멈칫거리다 한 발 늦어버렸다.

"어이, 다시로는 아직 괜찮지? 그치? 응, 됐네!"

가요코가 그렇게 밀어붙였던 것이다.

2차 장소로 가는 길에 가요코는 저도 모르게 휴대폰을 확인했다. 역시 다케시타 료코의 답장은 없었다.

그녀의 스트레스에 술은 명백히 악영향을 끼치고 있었다.

2차는 바의 테이블석이었는데 그녀는 건배를 하고 하이볼을 마시기 시작하자마자 다시로가 오늘 제출한 자료에서 파워 포인트 그리드에 첨부한 사진이 1포인트 어긋났던 것을 군이 다시 꺼내 미운소리를 해댔다. 그러자 요시오카가 옆에서 쓴웃음을 지으며 다시로를 감싸고 나섰다.

"어허, 뭘 그런 걸 갖고 그래? 어쩌 자네 술 마시는 게 쇼와시대 아재 냄새가 슬슬 나는데?"

가요코는 평소에도 험한 농담을 주고받던 상사의 그 한 마디에 그때만은 왠지 깊이 상처를 입었다. 그리고 술 기운이 한층 더 나쁜 쪽으로 발전해갔다.

다시로는 원래부터 이런 회식 자체가 질색인데다 결국 설교까지 듣게 되자 진심으로 지긋지긋해하고 있었다.

마침내 가요코는 더 이상 마음속에 담아둘 수 없어서 자신이 지난 일주일 동안 경험한 동창회 연락 담당 얘기를 꺼냈다. 그간의 과정에 대한 기나긴 설명이 이어졌고, 자신의 내면에 부속고등학교 출신이라는 십 대 때의 엘리트 의식과 도쿄로 대학 가서 대기업에 취직한 친구들에 대한 열등감이 공존한다는 것을 이번에 처음으로 깨달았다고 자기분석을 곁들였다. 그리고 예전 친구들에게 연락하다 보니, 어쩐지 자기 인생의 시간이 멈춰버린 듯한 허무함을 느꼈다, 그건 그렇고 아무리 바쁘다지만 답장도 없이 무시해버리는 친구는 너무 심하지 않으냐, 라는 등의 얘기를 혼자서 두 시간 가까이 주절주절 늘어놓았다.

요시오카는 이따금 유머를 섞어가며 맞장구를 쳐주고 있었다. 하지만 다시로가 보기에는 그 한 마디 한 마디가 완전히 자신과는 아무 상관없는 얘기여서 막판에는 당장 이 자리에서 모가지가 나도 좋으니 그녀에게 한바탕 욕을 퍼붓고 집에 가버리고 싶은 충동까지 들었다.

다시로도 술에 취해 있었다. 하지만 다음날 술이 깬 뒤에 다시 생각해봐도 그 심경에는 변함이 없었다.

드디어 자리가 파했을 때는 이미 오전 1시가 지난 시각이었다. 가요코는 다시 3차를 원했지만 요시오카가 나서서 아니, 아니, 이제 그만 가야지, 하고 어르고 달랬다.

다시로의 택시비도 요시오카가 내줬다. 가요코는 비틀거리는 걸음으로 실실 웃어가며 다시로의 등을 쳤다.

"응, 늦게까지 함께해줘서 고맙다! 내일부터 다시 열심히 일해보자!"

다시로는 예의상 웃어주는 데도 진력이 나서 그 말에

대꾸도 안 하고 택시에 타버렸다.

운전기사에게 집 주소를 알려주고 휴대전화를 꺼내 X
를 살펴보았다. 하얗게 눈이 쌓인 풍경 속에 얼어붙은 호
수에 뛰어들었다가 뜻밖에도 두툼한 얼음이 깨지지 않아
그대로 등짝을 찧고 데굴데굴 구르며 괴로워하는 청년의
동영상이 리트윗으로 올라와 있었다. '푸하핫!'이라고 코
멘트한 사람은 방송에도 자주 출연하는 어느 대학의 사
회학자로, 다시로는 그를 팔로우한 적이 없었다.

너무 어처구니가 없어서 불끈 울화통이 터졌다. 가요
코에게서 옮은 스트레스가 그의 내면에서 순식간에 급성
으로 발전한 것이었다. 그래서 그 동영상 코멘트에 평소
에는 전혀 안 하던 댓글을 달았다.

'참 한가하시네. 남이 괴로워하는 게 그렇게 좋아요?
진짜 인성 형편없네. 그러고도 대학교수입니까?'

실은 '그러고도 상사입니까?'라고 데라다 가요코에게
하고 싶었던 말이었다.

그대로 다시로는 술기운에 꾸벅꾸벅 졸았다. 운전기사
가 깨워서 눈을 떴을 때는 이미 그 대학교수에게서 블록

당한 뒤였다.

4

　사회학자 구보타 겐지는 모레 회의 때까지 제출해달라는 47페이지에 달하는 〈사립대학 개혁 종합지원사업 조사표〉 항목을 조금 이른 저녁을 먹고 난 뒤에 묵묵히 채워나갔다. 하지만 29번째, '학부 또는 연구과에 있어서 기업 등과의 협정을 바탕으로 2주일 이상 인턴십 과목을 실시하고 있습니까?'라는 항목에 '실시하고 있지 않다'는, 즉 '0점' 칸에 체크한 참에 너무도 싫증이 나서 손을 멈춰버렸다. 판에 박은 듯한 '완전한 헛짓거리bullshit'인데다 이렇게까지 노골적으로 돈벌이의 앞잡이 취급을 당한다는 게 참을 수 없었다.

　"제기랄, 뭐가 〈Society 5.0〉이야? 그럼 문부과학성은 경제산업성의 개냐?"

　그는 조사표를 치워버리고, 반쯤 기분풀이 삼아 마감날을 이틀 넘긴 강연록의 재수정에 뛰어들었다.

〈자본주의는 정말로 이제 한계인가?〉라는 심포지엄에서 〈포스트 자본주의 사회의 증여론贈與論〉이라는 강연을 했는데, 그 자리에 참석했던 논평 월간지 부편집장이 그 다음 날, 내용이 훌륭해서 감동을 받았다, 강연록을 자기네 월간지에 꼭 게재하게 해달라는 메일을 보내왔다.

구보타의 강연은 호평을 받았고 그 뒤 공개 토론회에서도 몇 차례나 언급되었지만, 약간 준비 부족인 데가 있어서 정식으로 게재하려면 다시 사실 확인을 거쳐 정리할 필요가 있었다. 그럴 시간이 날지 어떨지 망설이면서도 마지막에는 결심이라고 할 것도 없이 그 의뢰를 받아들였다. 다만 강연 녹취록을 그대로 게재하는 건 절대 안 된다고 다짐을 받고, 가능하면 짧게 정리해주기를 바란다는 주문을 달았다.

5월 황금연휴 전에 미리감치 보내준 그 원고 파일을 구보타는 오늘까지 열어보지도 않은 상태였다.

부편집장의 메일은 처음 의뢰 요청 때처럼 행갈이가 적은 장문으로, 다시금 강연에 대한 감상이 지나치게 공손할 만큼 누누이 이어졌다. 구보타는 대충 훑어보기는 했으나 도저히 자세히 읽어볼 여유는 없었다. 시간적으로나 육체적으로나 정신적으로나. 스크롤바를 주욱 내리자 아래쪽에 드디어 첨부 파일에 대한 설명이 있었다. 그것도 역시 주절주절 길게 늘어놓았지만, 한 마디로 강연록은 PDF든 워드든 둘 다 교정용으로 써도 괜찮다는 내용인 것 같았다. 메일에는 PDF 파일 2개와 워드파일 3개, 거기에 사례금 이체 계좌를 기입하는 엑셀 파일까지 총 6개나 첨부되었다. 그것만으로도 기운이 쭉 빠지는데 워드파일 중 하나에는 〈집필자 등록용〉이라고 되어 있고, 〈레이아웃〉이라는 파일명의 PDF를 열어보니 그 제목대로 강연 중의 사진이 들어간 지면의 디자인이 표시되어 있었다. 하지만 문장은 레이아웃 테스트용이었다.

PDF로 교정하는 건 더 까다로워서 구보타는 〈구보타 선생님 강연 녹취록 확인용〉이라는 제목의 파일을 열었다. 또 하나의 파일도 비슷한 제목이었기 때문에 그쪽은 아예 열어보지도 않은 채 빨간 펜 교정을 시작했다.

60분의 강연 원고는 분량이 상당하고, 게다가 불길한

예감이 적중해서 그토록 당부를 했건만 녹취록은 거의 편집이 안 된 상태였다. 3페이지까지 수정한 단계에서 그는 아예 처음부터 원고를 다시 쓰다시피 하고 있다는 것을 깨달았다. 거기까지 수정하는 데만 벌써 한 시간이 걸렸다. 다 끝내려면 대체 몇 시간이나 걸릴까. 시계를 보니 오후 10시였다. 이걸 되돌려 보내 나머지는 재편집을 해달라고 할까 생각했지만, 마감을 지키지 않은 건 자신 쪽이라서 아마도 그럴 여유는 없을 터였다. 그토록 당부했는데도 이런 식이면 다시 해달라고 해봤자 달라질 것도 없지 않을까.

결국 꼬박 네 시간 동안 강연록을 수정해서 모두 끝낸 게 오전 1시쯤이었다. 곧바로 송신해버렸지만, 너무도 번거로운 작업에 속이 부글부글 끓을 만큼 화가 뻗쳤다.

의자에서 일어날 기운도 없어서 기분풀이 삼아 잠시 X를 살펴보았다. 그리고 핀란드의 한 청년이 사우나에서 뛰쳐나와 얼어붙은 호수에 다이빙했다가 빙판에 등짝을 찧고 아파서 어쩔 줄 모르는 동영상에 실소가 터져서 '푸하핫!'이라는 코멘트를 달아 공유했다.

그러고는 온힘을 쥐어짜 샤워를 하러 갔다.

약간 기분이 풀려서 돌아오자 계속 켜둔 PC화면으로 다시 X를 살펴보았다. 조금 전의 동영상은 그로부터 눈 깜짝할 사이에 3백 명 이상에게 리트윗되었다. 구보타는 평소에는 확인하지 않기로 해왔던 댓글들을 오늘은 확인해보고 싶어졌다. '완전 푸하핫!', '뭔가 물개 같아!', '얼음이 깨졌더라도 심장에는 안 좋을 듯' 등등, 이모티콘이 딸린 요란한 반응 속에 이런 댓글이 섞여 있었다.

'참 한가하시네. 남이 괴로워하는 게 그렇게 좋아요? 진짜 인성 형편없네. 그러고도 대학교수입니까?'

그는 기분이 팍 상해서 그 계정을 즉각 블록 처리했다. 어렵사리 진정되었던 분노가 다시 끓어올라 손써볼 수 없게 되었다.

"한가한 건 네 놈이지! 애초에 나는 교수가 아니라 준교수야, 이 바보새끼야!"

노트북 화면을 닫으려는데 메일 착신음이 울렸다. 목을 빼고 기다렸는지, 밤늦은 시간인데도 강연 원고를 보냈던 편집자가 답신을 보내온 것이었다. 이번에도 또 길고긴 메일로, 아래쪽에 이렇게 적혀 있었다.

'……〈구보타 선생님 강연 녹취록 확인용〉 파일에 교정을 해주셨던데, 그 파일은 만일의 경우를 대비해 참조용으로 첨부한 녹취록 원문이고, 저희가 편집해드린 것은 또 하나의 〈구보타 선생님 강연록 입고 전〉이라는 워드파일과 PDF 파일이었습니다. 하지만 어떤 파일이든 구보타 선생님께서 꼼꼼히 교정해주신 원고를 소중히 입고하도록 하겠습니다…….'

구보타는 헉 하고 입을 헤벌린 채 펜치로 조인 것처럼 미간에 깊은 주름을 잡았다.

네 시간 반 전에 확인하지 않았던 또 하나의 워드파일을 열어보니, 첫 인사말을 삭제하고 깔끔하게 편집을 끝낸 강연록이 눈에 들어왔다.

"대체 왜 이렇게 헷갈리게 하냐고!"

구보타는 책상을 주먹으로 내리치며 고개를 툭 떨궜다. 평소에는 결코 험악하게 목소리를 높이는 사람이 아니었는데, 기초질환을 가진 사람이 코로나로 중병이 되기 쉬운 것과 마찬가지로 애초에 화가 쌓여가던 참에 X

의 그 댓글을 확인하며 다시로에게서 전염된 스트레스가 강한 증상으로 발현한 것이었다.

그는 당장 키보드를 두드려 편집자에게 맹렬히 항의했다. 결코 난폭한 단어를 쓰지는 않았지만 그 대신 격식을 차린 논리성으로 상대의 반론을 사전에 봉쇄하면서 자신의 스트레스를 집요하게 강조했다. 파일을 한 번에 6개나 첨부했고 게다가 파일명이 길고 불명확했기 때문에 당연히 혼동하게 마련이다, 무엇보다 굳이 녹취록 원고까지 첨부하는 편집자는 없다, 나름대로 친절하게 안내하려 했겠지만 이건 오해하기 딱 좋지 않은가. 애초에 메일 문장이 지나치게 길어서 중요한 용건이 어디에 적혀 있는지 알아보기 어렵다. 하루에 수십 건의 메일을 처리하는 게 일반적인데 자신의 메일을 그토록 긴 시간을 들여 읽어줄 거라고 기대하는 건 비상식적이다. 그 바람에 쓸데없는 원고 교정에 네 시간을 허비했다!

최소한 다시 읽어보거나 가능하면 다음날 아침까지 재워뒀다가 보내야 할 터였다. 하지만 그는 화가 뻗치는 대로 손끝에 힘을 주어 송신 버튼을 누른 뒤에 그대로 불을 끄고 얼음판에 등짝을 찧은 그 청년과 비슷한 신음소리를 내며 침대에 쓰러졌다.

5

논평 월간지의 부편집장을 맡고 있는 나카오카 도모미는 아침에 일어나 PC를 켜자마자 한밤중에 구보타 겐지가 보내준 메일을 확인하고 가슴이 쿵 내려앉는 느낌이었다. 냉정을 가장했지만 분명 격노하고 있었다. 곧장 사과 메일을 쓰려고 의자에 앉았는데 다시 읽어볼수록 말이 안 되는 항의여서 처음의 두근거림이 가라앉자 점점 화가 나기 시작했다.

그토록 세심하게 설명해줬는데도 자기가 바보같이 착각했으면서 어떻게 이런 기세등등한 비난을 할 수 있는가. 애초에 마감일이 이틀이나 지났는데도 사과 한 마디 없었다. 이쪽의 메일이 길어서 알아보기 어려웠다고 했지만 그의 메일이야말로 엄청나게 길었다.

TV 방송에도 자주 출연하고, 저서도 한 권 읽어봐서

내심 호감을 품고 있었던 그녀는 큰 환멸감을 느꼈다. 원래 괴팍한 성품인지도 모르지만, 아마 자신이 나이도 더 많고 여자가 아니었다면 결코 이렇게까지 험한 대응은 하지 못했을 것이다. 그런 남성 필자들이 아주 많았다.

평소에 녹취록까지 같이 보내는 일은 없지만 그쪽에서 끈질기게 편집을 요구하는 통에 수정한 부분이 너무 많았기 때문에 혹시나 해서 첨부했던 것이다.

그렇게 구보타의 스트레스에 감염되어버린 그녀는 아침을 차리는 참에 남편이 저녁을 밖에서 먹고 오겠다고 말하자 여느 때 없이 험한 표정을 보였다.

"난 밤늦게 들어와."

"왜? 그런 얘기, 했었나?"

"당연히 했지. 저거 봐."

남편은 그녀의 손끝을 따라 달력에 시선을 던지다가 할 말을 잃었다.

"……어떻게 좀 안 될까?"

"안 돼, 작가 서점 인터뷰야. 내가 전부터 말했잖아,

학원에 데리러가는 것도 자기한테 부탁했고. 오늘은 뭔데?"

"응, 잠깐…… 회식이 있어."

"거절하면 되잖아."

"거절할 수 없는 자리야."

"나도 절대 안 돼. 그래서 미리미리 얘기했던 거라고."

"얘기했었나? 항상 이것저것 한꺼번에 말하니까 나도 헷갈려."

도모미는 그 말에 불끈 화가 뻗쳤다.

"말이 되는 소리를 해야지! 아무튼 난 안 돼. 분명하게 설명했었다고! 자기가 이해를 못했으면서 왜 내 탓을 해? 진짜 짜증나."

그녀는 요리용 젓가락을 싱크대에 내던지고 더 이상 남편과는 말도 하기 싫어서 거실을 나와버렸다.

6

도모미의 남편은 결국 회식을 거절했지만 그게 영 못

마땅해서 잔뜩 부아가 났다. 그래서 외근 중에 호출한 택시가 약속지점을 15미터나 지나서 섰을 때는 차에 타자마자 운전기사에게 툴툴거리며 잔소리를 했다. 칠십 대 운전기사는 앱 자체가 잘못되었다는 해명도 못한 채 그냥 사과하고 넘어갔다. 하지만 혼자 사는 자기 집에 돌아온 뒤, 츄하이를 마시다 보니 낮에 태웠던 건방진 손님이 생각나 불끈 화가 치밀었다. 그리고 전부터 거슬렸던 옆집 커플의 소음에 이제는 정말 참을 수 없어서 샌들을 끌고 나가서 옆집 문을 두드렸다⋯⋯. 거기서부터 다시 네 명을 지나 이 스트레스가 루시에게 가닿기까지 이제 두 명이 남았다.

　고가 소스케는 도쿄에서 교토로 가는 신칸센 차 안에서도 내내 마음이 무거웠다.
　어제 오후, 갑작스럽게 거래처인 교토의 화학 메이커에서 강한 클레임이 들어왔다. 전에 발주했던 공장 생산용 설비의 비용이 지나치게 높다는 항의여서 별 수 없이 직접 교토에 가서 해명하기로 한 것이다.

원자재 부족에 중국의 수요 증가에 따라 철강재 가격이 급등했노라고 몇 번이나 설명해왔던 터라서 그쪽의 갑작스러운 클레임 전화에는 크게 당황했다. 원래부터 까다롭게 굴던 사장이 뭔가 또 다른 문제를 들고 나설지도 모른다. 하지만 이러니저러니 혼자 걱정해봤자 결론이 날 일도 아니었다. 고가는 고개를 내젓고, 아내가 전부터 얘기한 태국 여름휴가 비행기 표나 예약하기로 했다.

여태껏 회사 일이 바빠서 착착 쌓아두기만 했던 비행기 마일리지를 사용기한이 끝나기 전에 써버릴 생각이었다. 수첩을 펼쳐놓고 항공회사 사이트를 검색해봤지만 그새 회원용 항공권의 비즈니스클래스 예약은 모두 '공석 대기' 상태였다. 그는 혀를 끌끌 찼다. '공석 대기'라고 해봤자 대체 몇 명이나 기다리는지 표시해주지 않으면 판단을 내릴 방법이 없다.

교토역에서 내려 미나미구의 회사까지는 택시로 20여 분이다.

고가는 혹시나 해서 이른 시간의 신칸센을 타고 왔기 때문에 교토에 도착하자 역 호텔 로비에서 커피나 한 잔

마시기로 했다. 마음을 좀 가라앉히고 싶었기 때문이다.

입구에서 한 명이라고 말했더니 젊은 여점원이 "저기서 잠시만 기다려주세요"라고 바깥쪽의 소파를 가리켰다. 돌아보니 먼저 온 두 팀이 앉아 있었다.

고가는 손목시계를 확인하고 카페 안을 살펴보았다. 여기저기 빈자리가 보이는데 왜 기다리게 하는지 알 수 없었다.

그는 과장스럽게 빈자리를 가리키며 우격다짐으로 가까운 테이블로 향했다. 먼저 기다리던 손님 중 한 명이 불만스러운 듯 뜨악한 눈빛으로 그를 쳐다보았다.

다른 자리에서 주문을 받고 있던 조금 전의 점원이 다시 그를 향해 말했다.

"엇, 죄송합니다만 저기에 앉아서 기다려주세요."

"자리 비었잖아요, 저기도 비었고 여기도 비었고."

"죄송하지만, 모두 예약석이에요. 잠시만 저기서 기다려주세요."

"얼마나 걸려요?"

"글쎄요……." 점원은 어떻게 대답해야 좋을지 모르겠

다는 표정으로 일단 뒤를 돌아보며 좌석 상황을 확인했다. "20분쯤 기다리셔야 할 것 같아요."

"20분?"

고가는 혀를 끌끌 차며 별 수 없이 바깥 쪽 소파로 이동했다. 먼저 와있던 두 팀이 그의 태도를 훔쳐보는 게 느껴졌다.

5분쯤 다리를 달달 떨고 휴대전화를 들여다보며 순서를 기다렸다. 그러다 문득 생각이 나서 항공사에 전화해 공석 대기 상황을 문의해보기로 했다.

기계음의 응답이 들리고 한참이 지나도 상담사는 연결되지 않았다. 15분을 더 기다려도 차례가 오지 않으면 그때는 나가봐야 한다. 시계 초침의 움직임에 바작바작 속이 타는 것 같았다.

드디어 여성 상담사가 받길래 그는 수첩을 들여다보며 원하는 비행편의 좌석을 말했다. 하지만 여전히 모두 '공석 대기 중'이라는 대답이었다.

"그 전후로도 전혀 좌석이 없어요?"

"좌석이 없습니다."

"없어요? 아니, 마일리지가 이만큼 쌓였는데 막상 중요할 때 쓰지도 못하면 안 되잖아요."

그는 불평을 토로했지만, 상담사는 그저 침묵하고 있었다.

"뭐, 어쩔 수 없지만, 공석 대기라는 건 가능성이 얼마나 돼요? 기다리면 좌석이 나오겠어요?"

"그건 전혀 알 수 없습니다."

그 쌀쌀맞은 말투에 고가는 불끈 화가 났다. 하지만 처음에 기계음성이 대화가 녹음된다고 공지도 했고, 이 상담사도 괜한 말을 했다가 책임 문제가 될까봐 딱 자르는 것일 터였다. 그래서 이번에는 애써 상냥한 말투로 물었다.

"그렇겠죠. 뭐, 확실한 게 아니더라도, 우리도 예정을 짜야 하니까요, 경험적으로 감각적으로, 어때요? 참고만 하고, 나중에 그때 이렇게 말하지 않았느냐는 소리는 안 할 테니까."

"전혀 알 수 없습니다."

휴대폰을 잡은 고가의 손이 파르르 떨렸다. 사실 이 비정규직 상담사는 그 전날의 전화 대응에 대한 클레임으로 방금 전까지 끈질기게 주의를 받은 참이었다. 아무튼 쓸데없는 말은 절대 하지 말라는 지시였기 때문에 오늘은 온종일 그 주의사항에 맞춰 과잉 대응을 할 작정이었다. 고객은 화가 난 모양이지만 그게 지시에 따른 대응의 결과였다. 그리고 그녀를 아침부터 집요하게 질책한 상사는 바로 고지마 가즈히사가 시애틀에서 가져와 기나긴 경로를 거쳐 거기까지 옮아간 스트레스의 근접 감염자였고, 결국 이 여성 상담자를 매개로 고가에게도 전해지려는 것이었다.

고가는 나름대로 머리를 써본 만큼 더욱더 그녀의 무뚝뚝한 답변에 분개했다.

하필 그 타이밍에 여점원이 자리가 났다고 데리러 왔다. 정확히 20분이 지난 참이었다.

고가는 손목시계를 보고 더 이상 커피를 마실 시간이 없다는 것을 알았다. 그리고 상담사에게 하는 말인지 점원에게 하는 말인지도 알 수 없는 고함을 질렀다.

"됐어, 됐다고!"

그렇게 분통을 터뜨리며 전화를 끊고 총총걸음으로 택시 승차장으로 향했다.

7

루시는 저장성 항저우 출신으로 교토대학의 대학원에 유학 중인 중국인이다. 도시환경공학 전공으로, 현재 석사과정 2년째였다. 원래의 중국 이름은 '뤄선羅森'이지만, 상하이의 화둥 사범대학을 졸업하고 2년 동안 뉴욕 시립대학에 유학했을 때 붙은 '루시'라는 별명이 마음에 들어 지금도 쓰고 있었다.

중학생 때 아버지의 직장 관계로 3년 동안 도쿄에서 살았기 때문에 일본어는 스스로 밝히지 않으면 전혀 눈치채지 못할 만큼 능숙했다. 다만 그녀 자신은 어린 시절에 배운 언어라서 자칫 미묘하게 실례되는 말을 쓰는 건 아닌지 항상 자문하고 있었다. 실제로 오늘 오전에 호텔 로비에서 아르바이트를 할 때도 순서를 기다리던 남자 손님에게 무슨 영문인지도 모르고 혼이 났다.

나름대로 공손한 표현을 쓰려고 조심했는데 뭔가 거슬렸던 것일까. 그녀는 오후에 일이 끝난 뒤에도 내내 마음에 걸렸지만, 단순히 일본에서 흔히 보이는 '호통 치는 아저씨'인지도 모른다는 생각도 들었다.

실제로 고가는 루시가 중국인이라는 건 전혀 알아차리지 못했다.

루시에게는 면역이 있었던 것일까. 그녀도 분명 고가의 태도에 스트레스를 받았지만 증상은 비교적 가벼웠다. 왜 그랬느냐 하면, 이건 좀 단순하지가 않다. 그날 우연히 그녀가 다른 사람을 만날 예정이 없었다는 점도 있을 것이고, 그녀가 유학생이기 때문이라는 점도 어쩌면 다양한 의미에서 관계가 있었을 것이다. 애초의 성격도 있고, 교토라는 환경도 있다.

어쨌든 사실만을 기록하자면 다음과 같았다.

그날 오후, 그녀는 기타오지 대로를 올라가 가모가와賀茂川 강변에서 며칠 전에 구입한 우쿨렐레를 연습하기로 했다. 작년에 교토에 온 뒤로 시작한 취미인데 열 달 동안 독학으로 연습해서 마침내 지금까지의 합판 초보자용 모델이 아니라 케리의 단판 우쿨렐레를 사들인 참이었다. 정가 8만 엔인데 6만 4천 엔으로 깎아주었다.

가모가와鴨川•도 산죠三条나 시죠四条 주변은 당연히 혼잡해서, 그 오버투어리즘을 탄식할 정도로 그녀도 이미 교토 사람이 되었지만, 조금만 북쪽으로 올라가 가모가와賀茂川로 갈라지는 식물원 근처는 지역민들이 여유롭게 개를 산책시키고 낮잠을 자고 피크닉을 하는 곳이어서 루시는 한참 전부터 한여름 무더위가 닥치기 전에 거기서 우쿨렐레 연습을 해야겠다고 마음먹고 있었다.

벚꽃철이 끝났지만 아직 장마철에 접어들기에는 이른 시기라서 제방은 초록빛 풀로 뒤덮였고 햇살은 온화했다. 바람도 없는 일요일이었기 때문에 가족끼리 나온 사람들이 많았지만 서로 눈이 마주칠 만한 거리는 아니었다.

강가의 돌계단에 자리를 잡은 후, 루시는 곧바로 우쿨

• 교토의 시내를 남북으로 관통하는 강으로, 북동쪽 지류인 다카노가와高野川 강과 합류하는 지점보다 상류 쪽(서북쪽)은 관례적으로 한자만 달리하여 가모가와賀茂川라고 한다.

렐레 케이스를 여는 대신 한동안 강물을 바라보며 시간을 보냈다.

월요일에 나갈 대학원 연구실에 대해서도 생각했고, 항저우의 가족들도 떠올렸다.

그날은 강물의 흐름도 온화했다. 산들바람이 상쾌하고 도로의 차 소리도 멀찌감치 들렸다. 교토는 높은 건물이 없어서 하늘이 널찍하고, 상하이보다 동네가 작은데도 시간의 흐름이 널널하게 느껴졌다. 약간 흐린 날씨여서 햇빛의 날카로운 모퉁이가 깎여나가 살갗에 부드럽게 와 닿았다.

문득 아까 아침에 고함을 치던 남자 손님이 다시 생각났지만, 의외로 그 얼굴은 이미 애매하게밖에는 떠오르지 않았다. 이상한 사람이었네, 라고 생각했다.

하얀 백로 한 마리가 물 가운데 낙차공落差工 위에 서서 아래로 떨어지는 강물을 지그시 응시하고 있었다. 거의 철학자 같은 표정이었다.

뭘 하고 있는 거지?

하얀 물거품 속에 곧게 뻗은 까만 두 다리에서 초연한 기품이 느껴졌다.

이윽고 백로는 흐르는 물속에 부리를 쿡 꽂아 넣었고 다시 빼냈을 때는 어라, 작은 물고기를 물고 있었다! 루시는 눈이 휘둥그레졌다. 와아, 머리 좋다! 헤엄치는 물고기를 잡는 건 어렵겠지만, 구조물 아래로 떨어지는 물에 물고기가 순간적으로 균형을 잃는 찰나를 지그시 기다렸던 것이다. 그런 것을 하는 백로는 그 한 마리뿐이었다.

그녀는 와하하 웃으면서 휴대전화를 꺼내, 백로가 다시 물고기를 잡을 때까지 동영상을 촬영하며 지그시 기다렸다.

강물은 흐르고 백로는 물고기를 기다리고 루시는 그 백로를 기다렸다. 그리고 멋지게 두 마리째를 그 노란 부리로 잡아내자 우와아 하고 저절로 탄성이 터져서 박수를 치며 웃었다. 동영상은 거기서 멈췄지만 루시의 목소리도 산들바람 소리와 함께 녹음되었을 터였다.

그로부터 루시는 드디어 우쿨렐레를 꺼내 튜닝을 하

고 〈카이마나 힐라〉 연습에 들어갔다. 방에 틀어박혀 연주하는 것과는 다르게 음색 하나하나가 치어를 방류한 것처럼 허공으로 뛰쳐나갔다. 실은 하와이에는 가본 적도 없지만, 우쿨렐레는 역시 밖에서 연주하기 위한 악기구나 하고 실감했다……

그리고 루시는 간간이 쉬면서 우쿨렐레를 연주하고 벌렁 누워 하늘을 올려다보고 간식으로 가져온 머핀도 먹어가며 두 시간쯤을 그곳에서 혼자 보냈다.

확인된 바로는 그 뒤 일주일 동안 그녀에게서 다른 누군가에게로 스트레스가 감염된 형적形跡은 없었다.

고가는 그 후 무시무시한 '슈퍼 전파자super-spreader'가 되어 도합 다섯 명이 그와의 대화를 통해 스트레스에 진염되었다. 그중 네 개의 경로를 통해 이후에도 한참동안 시중에서 감염 확대가 이어졌다. 하지만 루시는 '전파 차단자anchor' 역할을 해서 고지마 가즈히사가 무심코 시애틀에서 가져온 스트레스는 흐르고 흘러 마침내 그녀 안에서 사멸했다.

따라서 루시는 티 나지 않게 이 사회를 지킨 영웅이다. 하지만 그녀는 그걸 알지 못했고 주위의 어느 누구도 그렇게 생각하지 않았다.

그러므로 그녀는 문학의 대상이자 소설 주인공으로서의 자격을 당당히 겸비한 것이다.

어쩌다 지금 이 인생일까

지금 우리가 살아가는 이 삶은 어떻게 해서 만들어졌을까. 세상 모든 사람들이 저마다 다른 삶을 살게 된 것은 어째서일까. 개개인의 삶을 탄생에서부터 죽음까지 초거대 인공지능을 통해 정밀하게 분석한다면, 그 답을 찾아낼 수 있을까. 나아가 잘못된 궤도를 수정해 전혀 다른 삶을 도출해낼 수도 있을까. 인공지능이 나날이 발전하는 요즘, 그런 새로운 세상이 부쩍부쩍 다가오는 느낌이다. 한편으로, 지금껏 신의 영역으로 여겨져 온 것들을 실제로 정복한다면 거기에 따라오게 될 후과가 어떨지, 섬뜩할 만큼 두렵기도 하다.

인간의 운명을 좌지우지하는 것에 대한 관심은 저마

다 간절하게 바라는 뭔가를 품고 있기 때문일 것이다. 왜 지금 이 인생일까, 라는 질문은 그래서 소설이라는 매체를 통해 천착해보기에 매우 적합한 소재인지도 모른다. 우리의 삶을 만들어온 사소한 우연을 인공지능이 정복해버리기 전에, 인간의 상상력을 통해 예측하고 점검하며 보다 희망적인 지점을 제시하는 것. 아마도 소설《후지산》은 그런 밑바탕에서 시작한 게 아닌가 싶다. 지금 이 삶이 아니라 '있었을 수도 있는' 다양한 가능성을 정밀하게 입력하여 인간으로서의 슬픔, 바람, 기쁨을 추출하고, 거기서 새로운 희망을 응집력 강한 문장으로 길어 올렸기 때문이다.

이번 소설의 출간에 즈음하여 개설한 작가 사이트에는 독자에게 건네는 다음과 같은 메시지가 실려 있다.

'가능했을지도 모를 여러 인생 중에서 왜, 지금 이 인생이었을까. 한창 행복할 때라도, 한창 불행할 때라도, 그런 의문이 우리의 마음속을 떠나는 일은 없을 것이다. 내 인생을 사랑하지 못하면 안 되는 걸까. 아니면 내 인생을 사랑하기 위해 우리에게는 사랑하는 누군가가 필요한 걸까. 소소한 일로 운명이 바뀌어버린다는 건 절망인지도 모르지만, 또 한편 희망이기도 할 것이다. 우리의 선의善意는 대개는 소소한 것처럼 보이는 법이기 때문이다. 우리가 앞으로 나아갈 계기는 분명 어디에라도 있을 수 있다.'

표제작 〈후지산〉에는, 앞으로 일상을 함께할 파트너를 찾기 위해서는 우연한 만남보다 AI의 도움이 성공 확률이 더 높다고 믿기로 한 주인공 가나가 '만남 앱'을 통해 선택한 쓰야마와 매칭하는 과정이 그려진다. 조선이나 취향도 맞고, 몇 번의 데이트에서 불쾌감을 느낀 적도 없지만, '운명의 사람'인지는 여전히 확신할 수 없었다. 신형 코로나의 집합금지 조치가 해제되자 두 사람은 하마나코 호수로 여행을 떠나는데 신칸센 열차에서 일어난 뜻밖의 사건으로 가나는 그의 '정의감'에 의구심을 품었고, 여행은 중도에 무산된다. 거절 메일로 관계를 정리한 얼마 뒤, 도쿄 지하철에서의 무차별 살상 사건 뉴스를 듣게 되는데⋯⋯. 처음에는 쓰야마를 '가해자'로 떠올렸을 만큼, 한 남자의 정의에 대한 그녀의 판단은 크게 어긋나고 말았다. 2년이 지나 홀로 하마나코를 찾아 그와 함께 머물렀을 수도 있는 호텔, 그와 함께 거닐었을 수도 있는 호숫가 산책길, 그가 예전에 예약했던 그 호텔 방에서 가나는 어떤 '기적'을 감지한다.

결혼을 전제로 만난 이 커플은 '생면부지의 아이를 몸을 던져 구하려 한 매우 드문 선의를 공유한', 만남 앱의 희귀한 성공 사례일 수도 있었는데 어쩌다 이런 결말을 맞이했을까. 너무도 안타까워서 읽으면서 마음속이 욱신욱신 아픈 느낌이 들었다. '대체 무엇이 잘못이었을까'라고 저절로 되짚어보았다. '정상에 하얀 눈을 휘감은 채 그 군청과 심록의 산비탈에는 야성적이고 거의 무국적의 분위기, 인간이 이곳에 터를 잡고 살았던 아득한 옛 시간이 그곳에만 남겨져 있는' 산에서 답을 찾을 수 있을까.

AI로도, 정의로움으로도, 어떻게 해볼 수 없었던 '운명'에 대해 인간으로서의 '쓸쓸함'이 가슴을 친다. 하지만 그렇다고 해도, 분명 모든 이루어지지 못한 마음들에는 인간이 가진 '그리움'이라는 깊은 감정이 답이 되어줄 것이다.

〈이부키〉는 '사소한 우연'의 분기점에서 삶이 두 갈래로 갈라진 남자 '이부키'의 시점(*표시)과 그의 아내 '에미'의 시점(**표시)에서의 이야기가 번갈아 이어진다. 사람들이 줄을 서서 기다리는 팥빙수 가게에 빈자리 하나가 있었느냐 없었느냐에 따라 한 가족의 가장이 행운과 불운이라는 정반대의 삶을 살아가는 초현실의 전개에 독자는 점점 확실하게 빨려든다. 갈라진 삶에서는 별스러울 것 없는 일상의 사랑스러움이 극적으로 두드러지고, 한편으로 우연에 의해 좌우되는 사람살이의 덧없음도 극적으로 부각된다. 마지막 반전에서는 독자의 머리 위에 수많은 물음표와 느낌표가 동시에 떠오르지 않을까. 바로 다음 순간에는 어떤 우연한 선택이 삶을 통째로 휘저

을지 알 수 없는, 아무것도 확정적이지 않은 상태로 부유하는 인간의 삶에서 '있을 수도 있는 분기점의 가능성'을 탐색하고, 가장 소중한 것을 찾아내 한껏 누려볼 수밖에 없는지도 모른다. 히라노 게이치로의 또 다른 장편소설 《본심》에는, AI와 가상현실의 기술이 고도로 발달한 가까운 미래를 상정하고, 현실에 홀로 남은 아들이 안타깝게 세상을 떠난 홀어머니를 '가상 인간virtual figure'으로 제작하여 재회하는 장면이 있지만, 이번 단편의 마지막 반전을 마주하자 다시 그 이야기가 떠올랐다. 이 단편을 계기로, 함께 읽어본다면 책 읽기의 지평이 한층 확장될 것이다.

〈거울과 자화상〉에는, 범죄로 치닫는 인간의 절박하고도 고통스러운 심리가 실감나게 그려진다. 그는 자기 자신이 비춰진 '거울 속의 나'를 별개의 타인으로 인식하는 방법을 통해 숨통이 트이는 작은 돌파구를 찾는다. 현실 속에서 타인을 접할 때, 역시 거울 속에 비친 '타인의 자화상'으로서 바라본다. 자화상을 그린 화가는 거울에 비친 자신을 그렸고, 그 자화상을 보는 사람은 거울에 비친 화가의 시선이 바라보는 자신을 보는 것이다. 범죄의 숫자적 통계에는 '0'으로 잡힐 뿐인, '아직 일어나지 않은 범죄'에 주목한 이론에는 저절로 고개가 끄덕여진다. 한 교사가 건네준 몇 마디 조언이, 미술 작품 관람이라는 작은 취미가, 타인으로서의 나에게 선한 영향을 끼쳐 '있을 수도 있었던' 범죄들을 누그러뜨린다. 거울에 비친 타인의 자화상을 서로가 바라봐주는 '시선의 연쇄'가 인간을 구원으로 이끄는 것이리라.

〈스트레스 릴레이〉는 이 단편집을 상쾌한 명랑함으로 마무리해주는 작품이다. 일본 유학 중인 중국인 루시는 '중국인'이라기보다 '무국적의 세계인'이라고 하는 게 적합할 것 같다. 어린 시절에 일본에서 3년, 대학은 미국 유학, 지금은 다시 교토의 대학원에서 공부하면서 호텔 식당에서 아르바이트도 하는 루시, 그녀는 하와이에는 가본 적이 없지만 우쿨렐레를 독학으로 익혀 〈카이마나 힐라〉 노래를 연주한다. 세계를 휩쓴 신형 코로나처럼 이 사람에게서 저 사람에게로 옮겨가는 스트레스는 마치 'AI 드론'이 저공비행으로 추적한 것처럼 정밀한 속사정이 차례차례 밝혀지고, 우리의 영웅 '루시'에서 마침내 잦아든다. 어째서일까. '루시에게는 면역이 있었던' 것일까. 어쩌면 관광객이 뜸한 가모가와 강의 북쪽 분기점 너머에서 '우쿨렐레 케이스를 여는 대신 한동안 강물을 바라보며' 느긋한 시간을 보낸 덕분에, 강물 속 낙차공 아래로 작은 물고기를 잡는 현명한 백로를 향해 휴대폰을 겨누고 지그시 기다려 동영상을 찍는 데 성공한 덕분에, 그리고 드디어 우쿨렐레를 꺼내 '치어를 방류한 것처럼' 음색 하나하나를 허공으로 뛰쳐나가게 한 덕분이 아닐까.

〈손재주가 좋아〉는 200자 원고지 14매 분량의 장편掌篇으로, 자칫 묵직해질 수 있는 이 단편집에 경쾌한 스텝을 밟아주고 있다. 똑같은 소재가 주어지더라도 작가의 특별한 '손재주'에 의해 문장과 구성이 이렇게 달라질 수 있다는 모범이 되지 않을까 싶다.

많은 책을 번역해왔지만, 우리 문학이 지향할 만한 점

을 풍부하게 갖춘 일본작가 한 사람을 꼽으라면 망설임 없이 '히라노 게이치로'를 추천한다. 그의 작품은 대작 장편이 대부분이고, 단편집으로는 10년 만에 출간한 신작이라서 부담 없이 감상하기에 마침 좋은 기회가 될 것이다.

후지산

1판 1쇄 인쇄 2025년 12월 12일
1판 1쇄 발행 2025년 12월 26일

지은이   히라노 게이치로
옮긴이   양윤옥

발행인   황민호
본부장   박정훈
책임편집   윤혜림
기획편집   김선림 신주식 최경민
마케팅   이승아
국제판권   이주은 서유림
제작   최택순 성시원

발행처   대원씨아이㈜
주소   서울특별시 용산구 한강대로15길 9-12
전화   (02)2071-2094
팩스   (02)749-2105
등록   제3-563호
등록일자   1992년 5월 11일

www.dwci.co.kr

ISBN 979-11-423-3790-1 (03830)